AF762553

www.ingramcontent.com/pod-product-compliance
Lightning Source LLC
LaVergne TN
LVHW010811051026
849532LV00007B/2508

* 9 7 8 9 3 6 9 0 8 4 3 5 7 *

اجنبی اجنبی

(افسانے)

بیگ احساس

Ajnabi Ajnabi (Short Stories)
by: Baig Ehsas
Edition: December '2025
Publisher :
Taemeer Publications LLC (Michigan, USA / Hyderabad, India)

ISBN 978-93-6908-435-7

کتاب	:	**اجنبی اجنبی** (افسانے)
مصنف	:	**بیگ احساس**
بہ تعاون	:	الف یار ڈاٹ کام ویب سائٹ
صنف	:	فکشن
ناشر	:	تعمیر پبلی کیشنز (حیدرآباد، انڈیا)
سالِ اشاعت	:	۲۰۲۵ء
صفحات	:	۱۳۲
سرورق ڈیزائن	:	تعمیر ویب ڈیزائن

فہرست

پیش لفظ

اردو افسانوی ادب میں پروفیسر بیگ احساس کا نام کسی تعارف کا محتاج نہیں۔ وہ ایک ایسے فنکار ہیں جنہوں نے اپنی تخلیقات کے ذریعے عصرِ حاضر کے درد و کرب اور انسانی نفسیات کی پیچیدگیوں کو حقیقت پسندانہ انداز میں بیان کیا۔ ان کی ادبی زندگی تقریباً پچاس سالوں پر محیط ہے، جس میں انہوں نے افسانہ نگاری، صحافت، تحقیق، تنقید اور تدریس جیسے کئی شعبوں میں اپنی صلاحیتوں کا لوہا منوایا۔ بیگ احساس ایک شریف النفس اور دھیمے لہجے کے مالک تھے، جن کا سینہ درد مند دل لیے ہمیشہ امن و آشتی کا خواہاں رہا۔ ان کی گفتار میں سادگی اور دلکشی تھی، جو ان کی تحریروں میں بھی جھلکتی ہے۔ ۱۹۷۱ میں افسانہ 'سراب' سے اپنی ادبی زندگی کا آغاز کرنے والے بیگ احساس نے تین افسانوی مجموعے 'خوشہ گندم'، 'حنظل' اور 'دخمہ' اردو ادب کو دیے۔ وہ جدیدیت سے مابعد جدیدیت تک کے فکری سفر کے عکاس ہیں اور عصری تقاضوں سے بخوبی واقف ہونے کے ساتھ ساتھ انسانی نفسیات کے گہرے نبض شناس بھی ہیں۔ ان کے افسانوں کا موضوع چاہے کچھ بھی ہو، ان کے جملے مختصر، سلیس اور برجستہ ہوتے ہیں، جو اظہار میں سادگی اور تازگی لیے ہوتے ہیں۔ بیگ احساس نے خارجی زندگی اور داخلی محسوسات کی ہم آہنگی کو اپنے افسانوں کا خاص وصف بنایا، جس کی گواہی اقبال متین جیسے نقاد بھی دیتے ہیں کہ وہ اردو فکشن میں ایک سچے فنکار کی طرح داخل ہوئے، بغیر کسی سہارے یا مصنوعی ہتھکنڈوں

کے۔ ان کی تحریروں پر ان کا اپنا اعتماد تھا اور وہ کسی فیشن کے نقاب اوڑھنے کے بجائے حقیقت کی پرتوں کو کھولنے پر یقین رکھتے تھے۔ ان کی تحریریں قاری کو سوچنے پر مجبور کرتی ہیں، جو زندگی کے گہرے معانی تلاشنے کی تحریک دیتی ہیں۔

پیش نظر مجموعہ "اجنبی اجنبی" پروفیسر بیگ احساس کی فکر انگیز افسانہ نگاری کا ایک حسین مرقع ہے، جس میں نو(۹) کہانیاں شامل ہیں۔ یہ افسانے زندگی کے مختلف رنگوں، انسانی رشتوں کی پیچیدگیوں، سماجی و نفسیاتی کشمکش اور بدلتے ہوئے معاشرے کے اثرات کو نہایت عمدگی سے پیش کرتے ہیں۔

شکستہ پر: یہ کہانی سشما کی ذاتی آزادی اور ماں بیٹی کے رشتے میں حائل ہونے والی نفسیاتی کشمکش کو بیان کرتی ہے۔ سشما کی بیٹی سمن کی آمد کیسے سشما کی نئی زندگی اور سمیر کے ساتھ اس کے تعلقات پر اثر انداز ہوتی ہے، اور کیسے ایک ماں اپنی بیٹی سے اپنے شوہر کی توجہ حاصل کرنے کے لیے الجھنوں کا شکار ہوتی ہے۔ یہ افسانہ خواتین کے جذباتی اتار چڑھاؤ اور حسد کے تاریک پہلوؤں کو نمایاں کرتا ہے۔

رنگ کا سایہ: اس افسانے میں ایک نوجوان کی داستان ہے جو حیدرآباد کے "پولیس ایکشن" کے بعد اپنے گھر اور شناخت سے محروم ہو جاتا ہے۔ ایک بیڑی مزدور کالونی میں رہنے والے اس شخص کو لکشمی نامی لڑکی سے محبت ہو جاتی ہے، لیکن فرقہ وارانہ کشیدگی اور سماجی رکاوٹیں ان کی محبت کو انجام تک نہیں پہنچنے دیتیں۔ برسوں بعد جب وہ لوٹتا ہے تو لکشمی کو اس کے بچے کے ساتھ ملتا ہے جسے لوگ اسی کا بچہ سمجھتے ہیں، اور وہ ایک جذباتی دوراہے پر کھڑا ہو جاتا ہے۔

خس آتش سوار: یہ علامتی افسانہ ایک گرو کے گرد گھومتا ہے جو اپنے چیلوں کو ایک

جادوئی برتن کے ذریعے ان کی اصل "حقیقت" دکھاتا ہے۔ یہ کہانی انسانی فطرت کے گھناؤنے پہلوؤں، منافقت اور حقیقت و فریب کے درمیان کی باریک لکیر پر سوال اٹھاتی ہے۔ گرو خود کو پرماتما ظاہر کرتا ہے جبکہ اس کی حقیقت کچھ اور ہوتی ہے۔

کھائی: کفایت علی کی یہ داستان خاندانی رشتوں میں چھپی محرومیوں اور سماجی درجہ بندی کی عکاسی کرتی ہے۔ وہ اپنے باپ کے سرد رویے اور اپنے بیٹے شہزادے کی مادہ پرستی کے درمیان پستا ہے۔ باپ کی موت کے بعد، امیر بیٹے کی نمود و نمائش کفایت علی کو مزید گہری کھائی میں دھکیل دیتی ہے، جہاں اس کا وجود بے معنی ہو کر رہ جاتا ہے۔

دھار: ایک سیکولر شخص کی کہانی جو بدلتے سماجی و مذہبی تناظر میں اپنی اقدار کو ٹوٹتے دیکھتا ہے۔ جب اس کا بیٹا، جسے دہشت گردی کے شبہ میں روکا جاتا ہے، اپنی داڑھی منڈوا کر "نیا پاسپورٹ" بنوانے کا فیصلہ کرتا ہے تو باپ خود داڑھی رکھ کر ایک انوکھی مزاحمت کا اظہار کرتا ہے۔ یہ افسانہ شناخت، اقدار اور جدید ریاستی جبر کے موضوعات کو چھیڑتا ہے۔

کرفیو: شہر میں لگنے والے کرفیو کے دوران ایک عورت کی نفسیاتی کشمکش کو بیان کرتی ہے۔ وہ ایک افسر کے گھر پناہ لیتی ہے اور اس کی ظاہری شرافت کے پیچھے چھپی حیوانیت کا سامنا کرتی ہے۔ یہ کہانی کرفیو کی خارجی صورتحال کو عورت کے اندرونی کرفیو اور جسمانی آزادی کی کشمکش سے جوڑتی ہے، جہاں اسے انتخاب کا سامنا کرنا پڑتا ہے۔

چکرویو: یہ افسانہ مہابھارت کے دھرت راشٹر اور سنجے کے مکالمے کی طرز پر لکھا گیا ہے، جو فرقہ وارانہ فسادات کی ہولناکیوں کو بیان کرتا ہے۔ سنجے، دھرت راشٹر کو بے حسی اور خود غرضی کے آئینہ میں ظلم و بربریت کے ایسے مناظر دکھاتا ہے جو روح کو جھنجھوڑ دیتے ہیں، جن میں عصمت دری، قتل عام اور ایک حاملہ عورت کا پیٹ چاک کر کے بچے کو آگ میں پھینک دینے جیسے المناک واقعات شامل ہیں۔ اس کے باوجود، یہ کہانی زندگی

کی لافانیت اور امید کی کرن بھی دکھاتی ہے۔

سانسوں کے درمیان: ایک شخص جو زندگی سے بیزار ہو چکا تھا، اپنے والد کے اسپتال میں داخل ہونے کے بعد ایک نئی حقیقت سے روشناس ہوتا ہے۔ اسپتال کے پر تعیش ماحول میں وہ اپنی بیوی کے ساتھ غیر متوقع قربت اور مادی آسائشات کے فریب میں کھو جاتا ہے، لیکن والد کی موت کے ساتھ ہی وہ دوبارہ اسی بے حسی کی حالت میں لوٹ آتا ہے۔ یہ افسانہ زندگی، موت، اور مادی و جذباتی رشتوں کے درمیان کی کشمکش کو بیان کرتا ہے۔

اجنبی اجنبی: ایک شخص چار سال پردیس میں گزار کر وطن واپس لوٹتا ہے تاکہ "اجنبیت کے بوجھ" سے چھٹکارا حاصل کر سکے۔ مگر اسے اپنا خاندان، اپنا گھر اور اپنے رشتے سب اجنبی لگتے ہیں۔ اس کی بیوی اور بچے ایک نئی دنیا میں آباد چکے ہوتے ہیں جہاں اس کے لیے کوئی جگہ نہیں۔ یہ کہانی جدید دور کے افراد کی تنہائی، خاندانی بگاڑ اور شناخت کے بحران کو شدت سے پیش کرتی ہے۔

یہ مجموعہ بیگ احساس کی گہری مشاہدہ، نفسیاتی بصیرت اور حقیقت نگاری کا منہ بولتا ثبوت ہے جو قارئین کو فکر و جذبات کے ایک وسیع دائرے میں لے جائے گا۔

ا

شکستہ پر

دس برس بعد سمیر اور سشما کی ملاقات ہوئی تو دونوں نے شادی کا فیصلہ کرنے میں دیر نہیں لگائی اور ایک روز چپکے سے شادی بھی کرلی۔ ان برسوں میں دور رہ کر دونوں کافی کچھ کھو چکے تھے۔ سشما نے جب اپنی ممی کو شادی کی بات بتائی تو اُنھوں نے صرف اتنا ہی کہا کہ وہ فوراً گھر چھوڑ کر سمیر کے پاس چلی جائے۔ ساتھ ہی سمن کو بھی لے جائے۔ جس کی اولاد اسی کے ساتھ رہے تو بہتر ہے۔ سشما کے پاپا نے ہمیشہ کی طرح خاموش تماشائی کا رول ادا کیا۔

اور سشما سمیر کے گھر آگئی۔ لیکن سمن نے آنے سے صاف انکار کر دیا۔

"میں سمجھاؤں گا اسے"۔ پاپا نے کہا۔

سمیر کے گھر آکر سشما کو ایک کھلی فضاء کا احساس ہوا۔ کتنے دنوں سے وہ گھٹ رہی تھی۔ زندگی اسے اس طرح واپس ملے گی، اس نے سوچا ہی نہ تھا۔ نہ یہ کہ وہ خود اپنی زندگی جیے گی۔

خواہشوں کے پرندوں نے ایک ساتھ زور لگایا اور جال سمیت اُڑنے لگے۔ خوابوں کی گڑیاں جنھیں اس نے دل کے کسی کونے میں پھینک دیا تھا۔ ایک ایک

کر کے نکالیں۔ ان کی گرد صاف کر کے بڑے چاؤ سے سجانے لگی۔

کھانے کی میز پر پہلا نوالہ اپنے ہاتھ سے سمیر کو کھلانا اور اس کے ہاتھ سے خود پہلا لقمہ لینا۔۔۔ آفس جاتے وقت گال یا ہونٹ آگے بڑھا دینا۔۔۔

آفس پر دو تین فون۔۔۔ لنچ کیا کہ نہیں؟ جلد گھر آجایئے۔ آتے ہوئے پزا ہٹ پر آرڈر دیتے آیئے۔

خوبصورت بیڈ۔ بے داغ چادر پر گلاب کی پتیاں بکھیر دینا۔ سوتے میں کوئی پتی گال یا جسم کے کسی حصے پر چپک جائے تو اسے ہونٹوں سے نکالنا۔

دونوں کا ایک سفید چادر اوڑھے برہنہ سونا۔ رات دیر گئے تک فیشن چینل اور گندی گندی فلمیں دیکھنا۔

صبح انگریزی فلموں کی ہیروئین کی طرح چادر میں جسم لپیٹے باتھ روم کے دروازے تک جانا اور ایک دم چادر چھوڑ کر باتھ روم میں گھس جانا۔

شاور کے نیچے اکٹھے نہانا۔

گریٹنگ کارڈ پر دستخط کی جگہ لپ اسٹک سے رنگے ہونٹوں کے نشان ثبت کرنا۔ ویک اینڈ پر لمبی ڈرائیو پر جانا۔ موٹر سائیکل پر سمیر کے ساتھ اس طرح چمٹ کر بیٹھنا کے درمیان سے ہوا بھی نہ گزر سکے۔ جسم کے سارے نشیب و فراز سمیر کی پشت میں مدغم کر دینا۔

کسی ریسورٹ میں جا کر واٹر گیمس کھیلنا، خوب بھیگنا اور ٹرانسپرنٹ ہو جانا۔

گھر میں جینز، شارٹس اور لنگریز پہن کر گھومنا، پابندی سے بیوٹی پارلر جانا، فیشل، پیڈی کیور، مینی کیور۔۔۔ اسٹیپ کٹنگ۔

ہفتہ بھر میں اس کی تازگی لوٹ آئی۔ وہ جل تھل ہو گئی۔

-۲-

ایک روز دروازے پر سشما کے پاپا کے ساتھ سمن کھڑی تھی۔

"اب یہ یہیں رہے گی"۔ پاپا نے کہا۔

سشما نے مارے خوشی کے اسے لپٹا لیا۔

"پاپا سمن مان گئی؟" اس نے حیرت سے پوچھا۔

"تم اپنی ممی کو جانتی ہو نا۔۔۔ وہی کرتی ہیں جو چاہتی ہیں، سمن کے ماننے نہ ماننے سے کیا ہوتا ہے"۔

اب جو بھی ہو، سشما نے سوچا، وہ ممی سے جیت گئی۔ سمیر کمرے سے باہر آیا۔

"اب یہ تمھارا گھر ہے"۔ پاپا سمن سے کہہ رہے تھے۔ "یہ تمہارے ڈیڈی ہیں"۔

اُنھوں نے سمیر کی طرف اشارہ کر کے کہا۔ سمیر حیرت زدہ رہ گیا۔ یہ وہی لڑکی ہے جو برسوں پہلے سشما کی انگلی تھامے اس سے ملی تھی۔

"یہ میری بیٹی سمن ہے۔۔۔ بیٹے وِش کرو"۔

"یہ سمن ہے"۔ پاپا کہہ رہے تھے۔

"ہیلو بیٹا"۔ سمیر نے کہا۔

"ہیلو انک۔۔۔" سمن کی زبان لڑکھڑا گئی۔

"آؤ۔۔۔ ہمارے پاس بیٹھو"۔ سمیر نے محبت سے کہا۔

تھوڑی دیر بعد جب پاپا لوٹ رہے تھے تو سمن انھیں چھوڑنے دروازے تک

آئی۔

"پاپا" اس کی آنکھوں میں آنسو چھلک رہے تھے۔

"میں آتا رہوں گا بیٹا۔ تم بھی جب جی چاہے آسکتی ہو۔ کیوں سشما؟"

"ہاں۔ ہاں۔ کیوں نہیں"۔ اس طرح سمن گھر آگئی۔

سمن چپ چاپ سی رہتی۔ اکثر کالج کی کتابیں یا میگزین لے بیٹھتی۔ شام کے کھانے کے بعد اپنے کمرے میں چلی جاتی۔ اکثر کالج سے لوٹتے ہوئے بڑی ممی اور پاپا سے ملنے چلی جاتی۔ رات زیادہ ہو جاتی تو پاپا چھوڑ جاتے۔ سشما کو بہت بُرا لگتا۔ جب ممی پاپا نے تعلقات ختم کر دیے تو یہ کیوں ان کے پاس جاتی ہے؟ وہ اکثر سمیر سے اس کا ذکر کرتی اور بے بسی سے رونے لگتی۔ ممی نے مجھے ماں بننے بھی نہیں دیا۔ سمیر اسے دلاسہ دیتا کہ سب کچھ ٹھیک ہو جائے گا۔

چھٹی کا دن تھا۔ سب دیر سے جاگے۔ اطمینان سے ناشتہ کرنے لگے۔ سشما سمیر کو بتانے لگی کہ اس کی ممی نے کس طرح اس کی زندگی کو عذاب بنا دیا تھا۔ کم سنی میں شادی بھی انھیں کا فیصلہ تھا۔ علیحدگی اور طلاق کا فیصلہ بھی اُنھوں نے ہی کیا تھا۔ اور جب وہ گھر آگئی تو ملازمہ بنا کر رکھ دیا تھا۔

"ممی پلیز"۔ سمن نے ٹوکا۔

"کیا ہے؟"

"پلیز بڑی ممی اور پاپا کے بارے میں کچھ نہ کہیے، مجھے بُرا لگتا ہے"۔

"اور اُنھوں نے جو میری زندگی کو جہنم بنا کر رکھ دیا تھا۔ اس کا کیا ہے؟"

"پتہ نہیں ممی کس نے کس کی زندگی کو جہنم بنایا ہے"۔ وہ کھانا چھوڑ کر اُٹھ

گئی۔

"سمن!" سشما نے تیز لہجے میں کہا۔

سمیر نے اسے منع کیا اور خود اس کے کمرے میں گیا۔ سمن غصے سے لیٹی ہوئی تھی۔

"بہت چاہتی ہو بڑی ممی کو۔۔۔"

"ہاں پاپا کو بھی"۔

"اور اپنی ممی کو۔۔۔؟"

وہ خاموش رہی۔

"تم نے جواب نہیں دیا؟"

"وہ مجھے ممی جیسی لگتی ہی نہیں"۔

"اچھا میں تو ڈیڈی جیسا ہوں نا؟"

"نہیں۔ ڈیڈی جیسے تو پاپا ہیں"۔

"اور میں۔۔۔؟"

"آپ اچھے ہیں، بہت اچھے"۔ وہ سمیر سے لپٹ گئی۔

دھیرے دھیرے وہ کھلنے لگی۔ وہ سمیر کو بے تکلفی سے ڈیڈی پکارنے لگی۔ سمیر اس کی پڑھائی میں مدد کرتا۔ آفس سے لوٹتے وقت بڑا سا چاکلیٹ یا برگر لے آتا۔ کبھی اس کے ساتھ بیٹھ کر سیریل دیکھتا، سمن بھی کئی باتیں سمیر سے شیئر کرنے لگی تھی۔ کبھی اس کے بازو پر، کبھی گود میں سر رکھ کر لیٹ جاتی اور کالج کے قصے سناتی۔ کبھی دونوں مل کر اونچی آواز میں کوئی نیا گیت گانے کی کوشش کرتے اور جب بول

یاد نہ آتے تو گانا چھوڑ کر ہنسنے لگتے۔ سشما چائے اور پکوڑے تیار کرتی۔ بہت دنوں سے وہ بڑی ممی اور پاپا کے پاس بھی نہیں گئی تھی۔

اس صورت حال سے سشما بے حد خوش تھی۔ سشما کو خوف تھا کہ پتہ نہیں سمیر سمن کو قبول کرے گا بھی یا نہیں۔ لیکن اب سمن سشما سے زیادہ سمیر کی دوست تھی۔ دونوں نے ہر طرح سے اس کی دل جوئی کی۔ چند دنوں میں ہی سمن کے اندر کی ہنس مکھ، بے تکلف بے باک لڑکی باہر نکل آئی۔

-۳-

سمن سے مطمئن ہو کر سشما پھر سے اپنی دنیا میں لوٹ آئی۔

ناشتے کی میز پر سشما نے پہلا نوالہ سمیر کی طرف بڑھایا۔ سمن نے بھی بڑی پھرتی سے سمیر کو نوالہ پیش کیا۔

"ڈیڈی پہلے میرا نوالہ"۔

سمیر نے سمن کا نوالہ لے لیا۔ سشما نے شکایتی نظروں سے سمیر کی طرف دیکھا اور وہ نوالہ پلیٹ میں واپس رکھ دیا۔

"ممی کو بھی کھلاؤ"۔

"نئیں۔۔۔" سمن نے ہنس کر انکار کر دیا۔

"ممی کو ہم کھلائیں گے"۔ سمیر نے سشما کے چہرے کا رنگ بدلتا دیکھ کر کہا۔

"رہنے دیجیے"۔ سشما نے کہا اور چپ چاپ سر جھکائے کھانے لگی۔

"ارے بھئی بچی ہے"۔ سمیر نے سشما کو سمجھایا۔

"بچی ہے تو بچی کی طرح رہے"۔ سشما نے کہا۔

اس دن کے بعد وہ سب اپنا اپنا کھانا کھانے لگے۔ ایک دوسرے کو کھلانے کی بات ہی ختم ہوگئی۔

"اڑے ہوتے جال میں ایک پرندہ پھڑ پھڑا کر مر گیا۔۔۔

سمن اب ہر معاملے میں دخل دینے لگی تھی۔ اندازیہ ہوتا کہ اس کی معلومات سشما سے زیادہ ہیں۔ رات دیر گئے، سشما اور سمیر کوئی سیریل دیکھ رہے تھے۔ وہ اچانک آگئی۔ سمیر کا بازو پکڑ کر اس کے پاس بیٹھ گئی۔ دوسری جانب سشما تھی۔ اچانک Bay Watch کا اشتہار آیا۔ سشما نے آنکھوں سے سمیر کو اشارہ کیا کہ ذرا نیم عریاں پامیلا اینڈرسن کو دیکھئے۔

"وہ پامیلا اینڈرسن ہے۔ اس نے امپلانٹیشن کروایا ہے ممی۔ ہمارے ہاں سشمتا سین نے انڈین اسٹینڈرڈ کے مطابق امپلانٹیشن کروالیا۔ لیکن دیر اِز نو یوز اِن انڈیا (There is no use in India)"۔

"سمن۔۔۔" سشما نے ڈانٹا۔ "جاؤ اپنے کمرے میں۔۔۔" وہ اپنے کمرے میں چلی گئی۔ سشما اس کے پیچھے تیز قدموں سے گئی۔

"تمھیں شرم نہیں آتی اس طرح کی باتیں کرتے ہوئے۔ ڈیڈی بیٹھے ہیں"۔

"اس میں شرم کی کیا بات ہے؟ کیا ڈیڈی نہیں جانتے۔ روز تو بڑے بڑے اشتہارات چھپتے ہیں تصویروں کے ساتھ۔ امپلانٹیشن، ریڈکشن، لفٹنگ، سلمنگ۔۔۔ ٹی وی پر کئی مستقل چیانلز ہیں ان چیزوں کے۔!" سمن نے کہا۔

"تو کیا تم ہم سے ایسی باتیں کرو گی؟"

"پھر کس سے کروں؟ کیا ممی آپ بھی اتنی موڈ ہو کر۔۔۔"

سشما خاموش ہوگئی۔ چار پانچ برس میں کتنا کچھ بدل گیا۔ میوزک چیانلس کی اینکرس، ایٹم گرلس، ری مکسنگ گرلس، جیسے ساری جوان لڑکیاں ننگی ہونے کو اتاؤلی ہورہی ہیں۔ شہرت پانے کا یہی شارٹ کٹ ہے۔ ٹی وی اور انگریزی میگزینوں اور اخباروں نے وقت سے پہلے ہی بچوں کو ذہنی طور پر بالغ کردیا ہے۔ سمن تو ابھی بچی ہے، جب عقل آئے گی تو خود ہی سیکھ جائے گی کہ کہاں کس موقع پر کیا بات کرنا چاہئے۔

"بچی ہے۔۔۔!" سشما نے سوچا۔

-۴-

چھٹی کسی ریسورٹ پر گزارنے کا پروگرام بنا۔

سشما اور سمیر کئی بار جاچکے تھے۔ اب سمن کا اضافہ ہوا تھا۔ سمیر اور سشما کے درمیان سمن بیٹھ گئی۔ سمیر نے بھی ٹی شرٹ اور جینز پہنی تھی اور اپنی عمر سے کم لگ رہا تھا۔ ریسورٹ میں اور بھی فیملیز تھیں۔ ایک طرف سوئمنگ پول اور واٹر گیمس تھے، مصنوعی آبشار بنے تھے۔ سشما اور سمیر پانی میں اُتر گئے۔

"ممی میں بھی آجاؤں؟" سمن نے پوچھا۔

"ہاں۔۔۔ہاں۔۔۔ آجاؤ۔۔۔"

سمن شلوار سنبھالے پانی میں اُتر گئی۔ اچانک سشما کو شرارت سوجھی۔ اس نے سمیر پر پانی اُڑانا شروع کردیا۔ سمیر کو سنبھلنے میں کچھ دیر لگی۔ پھر اس نے شدت سے جوابی حملہ کرنا شروع کیا تو سشما سنبھل نہ سکا۔ سشما کی تائید میں سمن نے سمیر پر پشت سے حملہ کردیا۔ سمیر نے اب سمن کو نشانہ بنایا۔ تینوں سر سے پیر تک بھیگ

گئے۔ سمیر اور سشما تو جینز پہنے ہوئے تھے۔ لیکن ٹی شرٹ اور شارٹ بھیگ کر جسم سے چمٹ گئے تھے۔ سشما کی سرخ برا اور سینے کا وہ حصہ جو برا کی قید سے آزاد تھا صاف جھل رہا تھا۔

سشما تھک گئی۔ "سمیر اب بس۔۔۔ بس کرو پلیز"۔

سمن تازہ دم تھی اور مسلسل سمیر پر حملہ کر رہی تھی۔ سمیر نے سشما پر پانی اُڑانا بند کیا تو اس کی نظر سمن پر پڑی۔ وہ بُری طرح چونکی۔ اُف وہ بدن ایک مکمل جوان لڑکی کا تھا۔ سمن کے اندر اتنی خوب صورت لڑکی چھپی ہے، اسے پتہ ہی نہ تھا۔ سمن کے کپڑوں سے بدن کی تیز کرنیں پھوٹ رہی تھیں۔ سشما کی آنکھیں چندھیا گئیں۔ اسے صرف دو چمکتے سورج ہر طرف دکھائی دینے لگے۔ اسے شدید احساس کمتری ہونے لگا۔ اس کا بدن تو مکمل ہو گیا تھا۔ لیکن تکمیل کے مراحل طے کرنے والا بدن کتنا خطرناک ہوتا ہے، اسے پہلی بار احساس ہوا۔ اس نے سچے دل سے دعا کی کہ سمیر کی نظر سمن پر نہ پڑے۔ وہ سمیر کی نظر کو جانتی
تھی۔

"سمن۔۔۔ چلو باہر نکلو۔۔۔ اب بس بھی کرو"۔

"کیا ممی ابھی تو اُتری ہوں پانی میں۔۔۔"

"اسی لیے کہہ رہی ہوں باہر آجاؤ۔ سردی لگ جائے گی"۔

سمن کے باہر آتے ہی اس نے اس کا بدن تولیے میں لپیٹ دیا۔

"جاؤ فوراً کپڑے تبدیل کرو"۔ سمن ڈریسنگ روم گئی تو سمیر نے پوچھا "کیوں تمھارا موڈ ایک دم سے کیوں بدل گیا؟"

"اسے بہت جلد سردی لگ جاتی ہے۔ ہاتھ پھیر ٹھنڈے ہو جاتے ہیں"۔ سشما نے جھوٹ کہا۔

"ہاتھ تو تمہارے بھی ٹھنڈے ہیں" سمیر نے سشما کا ہاتھ دبا کر کہا اور چپکے سے اسے چوم لیا۔ سشما کو اس کا یوں بوسہ چرانا اچھا لگتا تھا۔ وہ اس سے لپٹ گئی۔

"چلو کپڑے بدل لیں"۔

گیلے کپڑے دھوپ میں پھیلا دیئے گئے۔ سمن نے ریکٹ نکالے۔

"چلو کھیلتے ہیں"۔ سمیر نے کہا۔

سشما کھیل نہیں پائی۔

"ممی میں کھیلوں؟"

"ہاں۔۔۔ہاں" سشما نے ریکٹ سمن کو تھما دیا۔

دونوں بہت اچھا کھیل رہے تھے۔ سمن تو تھی ہی بچی لیکن سمیر بھی ساتھ دے رہا تھا۔ سشما نے دیکھا سمن کے بدن کے فتنے پھر جاگ رہے ہیں۔ جسم کی بوٹی بوٹی تھرک رہی تھی۔ سشما کی آنکھوں میں سورج اُبھرنے لگے۔

سشما کو اب سمجھ میں آیا کہ لوگ ویمنس ٹینس اتنی دلچسپی سے کیوں دیکھتے ہیں۔

"اب بس"۔ سشما نے اعلان کیا۔

"بس دو منٹ۔ بہت مزا آرہا ہے"۔ سمیر نے کہا۔

"کیا ممی آپ انجوائے کرنے ہی نہیں دیتیں۔ آپ کو ہمیشہ بھوک لگی رہتی ہے۔ کتنا ویٹ گین (Weight Gain) کر رہی ہیں"۔

سمیر نے کھیل روک دیا۔ "چلو ممی ناراض ہو جائے گی۔ پھر سارا مزا کر کرا کر دے گی"۔ سمیر نے آہستہ سے کہا۔

کھانے کے بعد سشما لیٹ گئی۔ سمن سمیر کا ہاتھ تھامے بوٹنگ کرنے چلی گئی۔ دونوں بڑے مزے سے پیڈلنگ کر رہے تھے۔ سشما کے اندر کہیں سے خوف اُتر آیا کہ وہ سمیر کا ساتھ نہیں دے پا رہی ہے۔ کئی بار وہ یہاں آچکے ہیں لیکن سمیر کو اتنا خوش اس نے نہیں دیکھا تھا۔

نہیں، وہ سمن کی دل جوئی کر رہا ہے، پہلی بار ساتھ آئی ہے! بچی ہے!۔۔۔ نہیں وہ بچی نہیں ہے، اس کی آنکھوں میں سورج چمکے۔۔۔

سشما خود کو تنہا محسوس کرنے لگی، وہ بھی سمن کی عمر کی تھی۔ اس کی شادی کر دی گئی۔ پھر سال بھر میں وہ ڈرائیور سی کہلانے لگی۔ جوانی تو آئی ہی نہیں۔ دس برس سے وہ ماں باپ کی خدمت میں لگی ہے۔۔۔ اب شاید بھگوان کو اس پر رحم آیا ہے۔۔۔ اس کے اندر کی لڑکی جاگی ہے تو مقابل میں اس سے خوبصورت جوان لڑکی کھڑی ہے۔۔۔ کیا وہ پھر ہار جائے گی؟ نہیں !!

دونوں اسی کی طرف آرہے تھے۔

"چلو تم بھی چلو۔ بہت مزا آرہا ہے۔ پیڈل میں مارلوں گا"۔ سمیر نے کہا۔

"نہیں۔ کچھ دیر آرام کرلو۔۔۔ چائے پی کر واپس چلیں گے"

شام جب وہ واپس ہو رہے تھے تو سشما نے کہا کہ وہ سمیر اور سمن کے درمیان بیٹھے گی۔۔۔ اور پھر وہ اس طرح سمیر سے چمٹ کر بیٹھ گئی جیسے گرفت ڈھیلی ہوتے ہی سمیر اُڑ جائے گا۔

لیکن جال لے کر اُڑنے والے پرندوں میں سے ایک اور نے دم توڑ دیا تھا۔

-۵-

ممی، میں ساری باندھ کر جاؤں گی آج۔۔۔"

"کیوں؟"

"کالج ڈے ہے۔ ساری لڑکیاں ساری پہن کر آرہی ہیں"۔

"ٹھیک ہے کوئی ساری سلیکیٹ کرلو۔ بلاؤز کہاں سے لاؤ گی؟"

"آپ کا ٹرائی کرتے ہیں"۔

"میں تو موٹی بھدی عورت ہوں نا؟" اس نے طنز کیا۔

"مما پلیز۔ دیکھنے میں کیا ہرج ہے"۔

"دیکھو لو"۔ سشمانے بے دلی سے کہا اور کام میں مصروف ہوگئی۔

"دیکھو مما۔۔۔" سمن بلاؤز پہن کر آگئی۔ تقریباً برابر تھا۔ سشما حیرت زدہ رہ گئی۔ سمن بظاہر تو ایسی نہیں لگتی۔

"میں جہاں جہاں ضرورت ہے اندر سے اسٹچنگ کرلوں گی۔ اب لایئے تیسری چیز"۔

"کیا مطلب؟"

"یہ اندر کی بات ہے"۔

"میں سمجھی نہیں"۔

"ممی۔ تھری لیٹر ورڈ۔ ویری سمپل"۔ سمن خوشگوار موڈ میں تھی۔ "بی۔ آر۔ اے۔ بی فار بیوٹی فل، آر فار راؤنڈ اینڈ اے فار اپیل"۔ وہ کسی اسکول ٹیچر کی طرح

بولنے لگی۔

"تمہارے پاس نہیں ہے؟ اس روز بھی پکنک پر ویسے ہی آ گئیں"۔

"کہاں سے لاؤں گی مائی ڈیر ممی"۔

"اچھا اچھا چلو ٹھیک ہے"۔ سشما نے کھسیا کر کہا۔ "تم نے کبھی کہا بھی تو نہیں اور مجھے اندازہ نہیں تھا کہ تم۔۔۔"

"تو پھر ٹرائی کر لیتے ہیں"۔

"کیا فائدہ۔ تم بچی ہو ابھی"۔

سمن نے ٹرائیل کیا۔ "ممی دیکھیے، ایک دم فٹ، آپ ہمیشہ انڈر اسٹیمیٹ کرتی ہیں"۔

سشما کے سارے حواس آنکھوں میں مجتمع ہو گئے تھے۔ وہ دیکھتی رہ گئی۔ کیا خوبصورت بدن تھا۔ وہ دونوں سورج جنھوں نے اس کی آنکھوں کو چندھیا دیا تھا، اب پوری طرح روشن تھے۔ وہ وہم یا گمان نہیں تھا۔ حقیقت سامنے کھڑی تھی۔

"دیکھا مما" سمن نے فخر سے کہا۔

سشما سمن کے بدن کے سحر سے نکلی تو اسے ایسا لگا جیسے اسی لمحہ بوڑھی ہو گئی ہے۔ لیکن وہ اتنی حیران کیوں ہے۔ اس عمر میں تو اس کی شادی ہو گئی تھی، بلکہ وہ تو سمن کی ماں بھی بن گئی تھی۔ لیکن اس نے کبھی اپنے جسم پر غور ہی نہیں کیا تھا۔ شاید اس کا جسم ایسا تھا بھی نہیں۔ اسے ایک بھرے بھرے جسم کی عورت نے شکست دی تھی۔ اس کا شوہر اپنے بھائی کی بیوی کا دیوانہ تھا۔ اسے اسی لیے اسے اس گھر میں دلہن بنا کر لایا گیا تھا کہ اس کا شوہر اسے پا کر اپنی بھابھی میں دلچسپی لینا چھوڑ

دے۔ لیکن اپنی کم سنی کی وجہ سے وہ کچھ بھی نہیں سمجھ پائی اور اس عورت سے ہار مان کر گھر آبیٹھی۔ اب جسم کے خالی حصے بھر گئے ہیں تو ایک کمسن لڑکی مقابل کھڑی ہے۔ اس کی اپنی بیٹی۔!

-۶-

سمیر آفس سے لوٹا تو اس کی پسندیدہ ساڑھی باندھے سشما بالکونی میں کھڑی کچھ دیکھ رہی تھی۔ بہت ہی سلم اور خوبصورت لگ رہی تھی۔ اسے دس برس پہلے کی سشما یاد آگئی۔ وہ دبے پاؤں آگے بڑھا اور ایک دم سے اسے گود میں اُٹھالیا،

کتنی ہلکی پھلکی لگ رہی تھا سشما۔!

چیخ سن کر سشما کچن سے باہر آئی۔ سشما کو دیکھ کر سمیر کی گرفت ڈھیلی پڑ گئی۔ سمن کے پیر فرش سے لگے۔ سمن زور زور سے ہنسنے لگی۔ سمیر جھینپ کر کمرے میں چلا گیا۔ سشما اس کے پیچھے پیچھے آئی۔

تم اپنے کپڑے اسے کیوں پہننے دیتی ہو!" سمیر نے غصہ سے کہا۔

"آج اس کا کالج ڈے تھا"۔

سمیر کا موڈ خراب ہی رہا، کھانے کی میز پر بھی وہ سر جھکائے کھاتا رہا۔

"آپ اتنا مائنڈ کیوں کر رہے ہیں؟ مجھے تو بُرا نہیں لگا"۔ سمن ے کہا اور سمیر کے گلے میں بانہیں ڈال دیں۔

"اچھا چلو ٹھیک ہے۔ تم آؤ یہاں تمیز سے بیٹھو"۔ سشما نے تلملا کر کہا۔

جب تک سمن گھر میں رہتی خود ہی بولتی رہتی۔ سمیر کے پیچھے پیچھے گھومتی رہتی۔ وہ سمیر سے باپ جیسا سلوک کیوں نہیں کرتی۔ یہ رشتہ تو احترام کا مطالبہ کرتا

ہے۔ کیا یہ بات سمن کی سمجھ میں نہیں آتی؟

"وہ تمہارے ساتھ باپ کی طرح Behave کیوں نہیں کرتی؟"

"شاید میں ہی رشتے کا وہ احترام باقی نہیں رکھ پایا۔ ایک دم سے اتنی بڑی پلی پلائی لڑکی کا باپ بن کر بوکھلا گیا"۔

"طنز کر رہے ہو مجھ پر"۔

"ارے نہیں۔ تم فکر نہ کرو سب ٹھیک ہو جائے گا۔ ابھی بچی ہے"۔

مصیبت یہی ہے کہ وہ بچی نہیں ہے۔ سشما سمیر سے کہہ نہ سکی۔ سشما اپنی زندگی میں رنگ بھرنے کی بجائے سمن کے بارے میں تشویش میں مبتلا ہو گئی تھی۔ وہ سمن کو ممی کے پاس واپس جانے کے لیے بھی نہیں کہہ سکتی۔ وقار کا مسئلہ تھا۔ پھر وہ ضدی عورت مانے گی بھی نہیں۔

اسے اپنی ماں سے سخت نفرت تھی۔ ممی نے ہی اس کی شادی کم عمری میں کر دی تھی۔ علیحدگی کا فیصلہ بھی انھیں کا تھا۔ سمن کو اس کے باپ کو نہ دینے کا فیصلہ بھی اُنھوں نے ہی کیا تھا۔ جب اس کی ملاقات سمیر سے ہوئی تھی تو شادی کی سخت مخالفت بھی ممی نے ہی کی تھی۔ پھر سمن پر اس کا کوئی اختیار بھی نہیں تھا۔ ممی نے اسے کبھی ماں بننے کا موقع ہی نہیں دیا تھا۔ سمن نے کبھی اسے ماں سمجھا ہی نہیں۔ اور اب اچانک ممی نے سمن کو اس کے حوالے کر دیا۔ سمن کو ممی ہی نے بگاڑا ہے۔ لیکن اب کیا ہو سکتا ہے؟

ممکن ہے سمن کو اس کا اس عمر میں شادی کرنا اچھا نہ لگا ہو۔ ممکن ہے سمن سمیر کو باپ کا درجہ دینا ہی نہ چاہتی ہو۔ سمیر اس کی زندگی میں آنے والا پہلا مرد ہو۔۔۔

جیسے جیسے سشما نے سمن پر نگرانی سخت کر دی، سمن نے اسے زیادہ ہی تنگ کرنا شروع کر دیا۔ جب وہ رات کوئی سیریئل دیکھ رہے ہوتے تو سمن آ جاتی، "نیند نہیں آ رہی ہے"

کبھی وہ انتہائی نازک مراحل طے کر رہے ہوتے تو سمن زور زور سے دروازہ پیٹنے لگتی، "ممی مجھے اکیلے میں ڈر لگ رہا

ہے، میں آپ لوگوں کے ساتھ سوؤں گی"۔ اور وہ سشما کے برابر لیٹ جاتی۔ سشما کی پوری رات آنکھوں میں کٹ جاتی۔ کیا سمن یہ سب کچھ جان بوجھ کر کر رہی ہے؟

اس کشمکش میں پتہ چلا کہ سشما ماں بننے والی ہے۔ سشما اور سمیر بے حد خوش تھے۔ جب سمن نے سنا تو بُرا سا منہ بنا کر کہا۔

"ممی کیا ضرورت تھا۔۔۔ سارا فیگر تباہ ہو جائے گا"۔

"مجھے سمیر کے پیار کی ایک نشانی چاہیئے"۔

"کیا نشانیاں ہی جمع کرتی رہیں گی؟" سمن نے کہا۔

"ہاں، کچھ اچھی نشانیاں بھی چاہئیں"۔ سشما نے جل کر کہا۔

سشما کو ماں بننے کی خوشی تو تھی لیکن ایک خوف بھی تھا۔ اس کا جسم بے ڈول ہوتا جا رہا ہے اور سمن بے باک ہوتی جا رہی ہے۔ وہ دن بھر کام کرتے کرتے تھک جاتی لیکن سمن اس کی ذرا بھی مدد نہیں کرتی۔ سمیر اس کا ہاتھ بٹانے لگا۔ سمیر کو سمن کا اس طرح بیٹھے بیٹھے حکم چلانا سخت ناگوار گزر رہا تھا۔ اس نے دبی زبان میں سمن سے کہا بھی۔۔۔ سمن نے باتوں باتوں میں صاف سمجھا دیا کہ وہ یہ سب نہیں

کر سکتی۔ اتنے وقفے کے بعد سشما نے کیری کیا تھا۔ ڈاکٹر نے احتیاط کے لیے کہا تھا لیکن سمن کا یہ انداز نا قابل فہم تھا۔ کالج سے آتے ہی ایک طرف سینڈل اچھال دیتی۔ بیگ ایک طرف پھینک دیتی۔ منہ ہاتھ دھوئے بغیر کپڑے تبدیل کئے ریموٹ کنٹرول ہاتھ میں لے کر ٹی وی کے سامنے بیٹھ جاتی۔ سمیر کے گھر لوٹنے کا وقت ہوتا تو فریش ہو کر کپڑے تبدیل کر کے انتظار کرنے لگتی۔ کیا ہے اس لڑکی کے دل میں۔۔۔؟

-۷-

اس شام سمیر جلد گھر آ گیا۔ سمن جلدی سے باتھ روم میں گھس گئی۔ منھ دھو کر سشما کا ایک شرٹ شلوار پہن لیا۔ سمیر نے سشما کی طرف گھور کے دیکھا۔

"تم نے میرے کپڑے کیوں پہن لیے۔ میں نے منع کیا تھا نا۔۔۔" سشما نے کہا۔

اونہہ۔ اب یہ آپ کے استعمال کے قابل تو رہے نہیں۔ آپ کو استعمال کرنے میں ابھی کافی دن ہیں۔ میں نے پہن لیا تو کیا ہوا؟"

سمن نے دوپٹہ بھی نہیں اوڑھا تھا۔ شرٹ کے گریبان سے موجوں کا مدوجزر صاف دکھائی دے رہا تھا۔

سشما کچن میں چلی گئی۔ اس نے سمن کو پکارا۔ وہ اسے بتانا چاہتی تھی کہ سمیر کو یہ بالکل پسند نہیں کہ وہ سشما کے کپڑے استعمال کرے اور گریبان۔۔۔؟

سمن نہیں آئی۔

"ممی آپ ہی لائیے نا۔۔۔ پکوڑے۔۔۔"

"تم آؤ"۔ سشمانے کہا۔

"نہیں ممی"۔

"میں آرہاہوں"۔ سمیر نے کہا۔

"ارے نہیں۔ آپ بیٹھئے"۔ پسینے میں تر آہستہ آہستہ چلتے ہوئے سشما پکوڑے لے آئی۔

سمن ہنسنے لگی۔ "ڈیڈی ذرا دیکھیے۔۔۔"پھر زور زور سے ہنسنے لگی۔

"شٹ اَپ۔ پاگل ہوگئی ہو؟" سمیر چلاّیا، "اِنف!"

سمن ایک دم خاموش ہوگئی۔ ایک جھٹکے سے اُٹھی۔ میز پر رکھی پلیٹ کو دھکا دیا۔ سارے پکوڑے فرش پر بکھر گئے۔ وہ پیر پٹکتے ہوئے کمرے میں چلی گئی۔

سشمانے اس کے پیچھے جانے کی کوشش کی۔

"نہیں، اس کی ضرورت نہیں"۔ سمیر نے کہا۔

سشمانے عجیب سا اطمینان محسوس کیا۔

رات میں بھی کوئی اسے منانے نہیں گیا۔ صبح سمیر کے دفتر جانے تک وہ باہر نہیں آئی۔ سشمانے جھانک کر دیکھا۔ وہ سو رہی تھی۔

شام سمیر دفتر سے آیا تو سمن کہیں نظر نہیں آئی۔

"صبح گھر سے گئی تو اب تک واپس نہیں آئی"۔ سشمانے بتایا۔

"کہاں جاسکتی ہے! کسی سہیلی کے پاس؟"

"میں نہیں سمجھتی کہ اس کی کوئی ایسی سہیلی ہے"۔

"ممی پاپا کو فون کیا؟"

"نہیں"۔

"میں کروں؟"

"نہیں" سشما نے آنسو ضبط کرتے ہوئے کہا۔

"غصے میں کوئی انتہائی اقدام نہ کرلے"۔

"وہ ایسا نہیں کرسکتی۔ میں جانتی ہوں اسے"۔

"پھر؟"

"ایک آدھ دن میں خود ہی پتہ چل جائے گا۔ ہم ڈھونڈیں گے نہیں"۔ سشما نے فیصلہ کن انداز میں کہا۔ سشما کی آنکھوں سے آنسو بہہ رہے تھے لیکن چہرے پر اطمینان تھا۔

پرندے ایک ایک کرکے پھر سے جاگ گئے اور جال سمیت اونچائی پر پرواز کرنے لگے۔

***

۲

رنگ کا سایہ

ہم اسی جگہ جا رہے تھے جہاں سے ہمیں راتوں رات افرا تفری کے عالم میں بھاگنا پڑا تھا۔ امّی کا تو صرف جسم ساتھ آیا تھا روح شاید وہیں بھٹک رہی تھی۔ پھر جسم بھی اس قابل نہیں رہا کہ ان کے وجود کا بار اٹھا سکتا۔ آج اس جسم کو اسی زمین کے سپرد کرنا تھا۔

ویان میں امّی کا بے جان جسم رکھا تھا۔ میں اور بہن پچھلے حصے میں بیٹھے تھے۔ بہنوائی ڈرائیور کے ساتھ والی سیٹ پر تھے۔ بہن نے غم سے نڈھال ہو کر آنکھیں موند لیں۔ میری آنکھوں میں نیند کا کوسوں پتہ نہ تھا۔ کیا امّی کی موت کا ذمہ دار میں ہوں؟ ان کا اکلوتا بیٹا' جسے وہ جان سے زیادہ پیار کرتی تھیں۔ دیوانہ وار چاہتی تھیں۔ نہیں!! امّی کو گھر چھوڑنے کا غم تھا۔ لیکن گھر تو چھوٹا میری ہی وجہ سے میرے اور لکشمی کے عشق کی وجہ سے! گھر چھوڑ کر تو سب بھاگے تھے۔ پھر اس کے ذمہ داری ہمارے عشق پر کیسے آ گئی؟ میں نے خود کو سمجھانے کی کوشش کی لیکن دل میں کوئی چور تھا۔

"امّی ہمارا اپنا گھر کیوں نہیں ہے" میں نے امّی سے پوچھا تھا جب ہم خالہ کا گھر

چھوڑ رہے تھے۔

"زندگی نے اتنی مہلت ہی نہیں دی بیٹھے" امّی نے ٹھنڈی سانس بھر کے کہا۔"پولیس ایکشن نے ساری بساط اُلٹ دی۔ دکن میں مسلمانوں کے چھ صدیوں کے اقتدار کا خاتمہ ہو گیا لاکھوں مسلمان مارے گئے' سینکڑوں خواتین نے خودکشی کر لی۔ کسی کی کچھ سمجھ میں نہیں آرہا تھا کہ کیا ہو گا۔ اونچے درجے کے سرکاری ملازم علاحدہ کر دیئے گئے یا ان کے عہدوں کو تنزلی دے دی گئی' جاگیر داری نظام ختم ہو گیا۔ ان اقدامات سے تنگ آکر کئی ملازمین نے قبل از وقت وظیفہ لے لیا۔ تمھارے ابّا نے بھی وظیفہ لے لیا۔ کچھ برس تک اسی تذبذب میں رہے کہ یہاں رہیں کہ پاکستان چلے جائیں۔ اسی کشمکش میں گھر نہیں بنوایا۔ ہمیشہ اونچا سوچتے تھے۔ اچھی زندگی گزارنے کے عادی تھے۔ جو بھی پیسہ تھا وہ طرز زندگی نبھانے اور تمھاری بہن کی شادی پر خرچ کیا۔ وظیفہ بھی اتنا تھا کہ سفید پوشی بر قرار رہ سکتی لیکن اچانک موت نے انھیں ہم سے چھین لیا۔"

مجھے یاد ہے امّی کے عدت کے دن پورے ہونے کے بعد خالہ ہمیں اپنے ساتھ گھر لے گئی تھیں ہم خالہ کے ساتھ رہنے لگے۔ امّی کے خاندان پر ابّا کے بہت سے احسانات تھے۔ امّی بتاتی تھیں۔

ضلع میں ایک ہی اسکول تھا۔ اردو' تلگو اور مراٹھی میڈیم کی کلاسس قائم تھیں۔ اسکول کے بعد کتب خانوں میں ناول پڑھنا۔ پہلے دن فلم دیکھنا اور بناکا گیت مالا پابندی سے سننا۔ یہی نوجوانوں کے شوق تھے۔ ریڈیو سننے کے لیے نوجوان ہوٹلوں میں جمع ہوتے تھے۔ بڑے جی ای سی کے ریڈیو کے طاقت ور اسپیکر پر محمد

رفیع کا کوئی گیت بجتا تو ٹیبل پر رکھے گلاس تھر تھرانے لگتے۔

محدود زندگی۔ مخصوص چہرے.....!

خالہ کے ساتھ رہتے ہوئے چار پانچ برس ہو گئے تھے۔ خالہ زاد بہنیں اور بھائی بڑے ہو گئے تھے۔ خالہ کے لیے گھر ناکافی ہو رہا تھا۔ خالہ اور خالو میں اکثر بحث ہونے لگتی۔ امّی بھی اسے محسوس کر رہی تھیں۔ مجھے بھی احساس تھا کہ خالہ مروت میں کچھ کہہ نہیں پا رہی ہیں۔ مجھے اپنے پیر پر کھڑے ہونے میں کافی وقت تھا۔

ایسے میں یہ اطلاع ماموں لے کر آئے کہ آبادی سے دور بیڑی مزدوروں کے لیے ایک سرکاری کالونی بنائی گئی ہے۔ بیڑی کے کارخانے کا سرٹیفکیٹ اور ضروری کاروائی کے لیے لیبر آفیسر کو تھوڑی سی رشوت دینے کی ضرورت ہے۔ امّی ایک بیڑی کے کارخانے میں سنجیدگی سے بیڑیاں بنانا سیکھنے لگیں۔ ان کا خیال تھا کچھ آمدنی بھی ہو جائے گی۔ ایک دو ماہ میں سرٹیفکیٹ بھی مل گیا۔ ماموں کی کوششوں سے ہمیں ایک سنگل روم مکان الاٹ ہو گیا۔ ماموں ان کے کچھ احباب 'مسلمانوں کے چار' چھ خاندان بھی اس کالونی میں آ گئے۔

زندگی میں پہلی بار میں نے کوئی کالونی دیکھی تھی۔ ایک کمرے اور دو کمرے والے مکانات ایک ہی وضع کے۔ ایک قطار میں تعمیر کیے گئے تھے۔ یہ علاقہ شہر سے پانچ میل دور تھا۔ ریلوے کراسنگ پر شہر ختم ہو جاتا تھا۔ ریلوے گیٹ کے پار ایک سنیما ہال تھا۔ دیہات جیسا ماحول تھا۔ دور دور ایک آدھ مکان نظر آ جاتا۔ ایک شمشان گھاٹ تھا۔ بیڑی کے کارخانے تھے۔ کارخانوں میں بڑے بڑے ہال بنے ہوئے تھے جس میں عورتیں اپنی ٹانگیں لمبی کیے ان پر دھات کا سوپ رکھے بیڑیاں

بناتی تھیں۔ مشین کی طرح ہاتھ چلتے تھے۔ آپس میں باتیں بھی کرتی جاتیں اور بیڑیاں بھی بنایا کرتیں۔ ایک سائیکل ٹیکسی تھی۔ پھر چنوں کا ایک تنور لگا تھا۔ جب بڑی سی کڑھائی میں چنے ڈالے جاتے تو فضا میں سوندھی سی خوشبو پھیل جاتی۔ شہر سے یہاں تک کنکریٹ کی روڈ تھی جس پر لال مٹی بچھادی گئی تھی۔ بارش میں یہ مٹی بہہ جاتی اور پتھر اُبھر آتے بعض جگہوں پر گڑھے بن

جاتے۔ ادھر رکشہ نہیں چلتے تھے۔ اسکول کافی فاصلے پر تھا امّی نے ایک پرانی سائیکل دلادی۔

امّی بہت خوش تھیں۔ ان کے اپنے گھر کا خواب پورا ہونے جا رہا تھا۔ ایک مدت بعد مکانات رہنے والوں کے نام کر دیے جاتے۔ ایک عجیب سی آزادی کا احساس ہوا۔ بجلی کا کنکشن تھا۔ نلوں کے پائپ فٹ تھے ٹوٹیاں لگی تھیں لیکن پانی کی پائپ لائن یہاں تک نہیں آئی تھی۔ مستقبل قریب میں اس کا امکان بھی نہ تھا۔ کالونی سے کچھ فاصلے پر کھیت تھے ان کھیتوں کو ایک نالے کے ذریعہ پانی پہنچایا جاتا تھا۔ اسی نالے کے پانی سے ضرورتیں پوری ہو جاتی تھیں لیکن پینے اور پکوان کے لیے کنوئیں سے پانی لانا ضروری تھا۔ کالونی میں ایک ہی کنواں تھا۔ کنویں میں دونوں طرف چرخیاں لگی تھیں۔ یہ چرخیاں خود بخود ہی تقسیم ہو گئیں مسلمانوں کی اور ہندوؤں کی۔ ہندو عورتیں پانی بھرتی تھیں اور مسلمان مرد۔ زندگی میں پہلی بار ہندوؤں کے ساتھ رہنے کا اتفاق ہو رہا تھا۔ میں تلگو نہیں جانتا تھا۔ ایک ڈول اور رسی خرید لی گئی۔ پہلی بار ڈول پانی میں چھوڑا تو پانی میں ڈوبنے کے بعد بہت ہلکا پھلکا ہو گیا لیکن پانی سے باہر آتے ہی کافی وزنی ہو گیا۔ ایک جھٹکا لگا۔ کسی نہ کسی طرح ڈول اوپر کھینچ لیا لیکن

رسی پکڑے رکھ کر آگے جھک کر پانی سے بھرا ہوا ڈول سنبھالنا اور اسے گھڑے میں انڈیلنا آسان کام نہ تھا۔ گھڑا بھرنے کے بعد اسے اٹھا کر گھٹنے پر رکھنا پھر اٹھا کر کندھے پر جمانا اور تین فرلانگ لمبا راستہ طے کرنا بڑی مشقت کا کام تھا۔ پسینے چھوٹ جاتے۔ ہندو عورتوں کو دیکھ کر بڑی شرمندگی ہوتی تھی وہ پیتل کے چمک دار گھڑے لے آتیں جلدی جلدی پانی کھینچتیں بڑی مہارت سے گھڑا اُٹھا کندھے پر رکھ کر تیز تیز قدموں سے چلی جاتیں۔ پانی بالکل نہ چھلکتا۔ میرے سارے کپڑے بھیگ جاتے تھے۔ جتنی دیر میں ایک گھڑا پہنچا کر واپس آتا۔ وہ دو گھڑے لے جاتیں۔ میرے اناڑی پن پر وہ منہ چھپا کر ہنستی تھیں۔ دوسرا مسئلہ یہ تھا کہ اگر کوئی مسلمان کسی ہندو کا گھڑا چھو لیتا تو وہ ناپاک ہو جاتا۔ سارا پانی پھینک دیا جاتا۔ گھڑا اچھی طرح مانجھ کر دھویا جاتا۔ تب دوبارہ پانی بھرا جاتا۔ اس دوران وہ غصے سے بڑبڑاتی رہتیں یا اونچی آواز میں ڈانٹنے لگتیں۔

اس صورت حال سے بچنے کے لیے میں صبح صبح پانی بھرنے کے لیے پہنچا۔ کنویں پر صرف ایک دھندلا سا ہیولہ نظر آیا۔ قریب سے دیکھا۔ لکشمی تھی جو ہمارے مقابل والے مکان کے بغل میں رہتی تھی۔ مجھے اناڑی پن سے پانی کھینچتے دیکھ کر وہ زور سے ہنس پڑی۔ اس نے تلگو میں کچھ کہا۔ میں سمجھ نہ سکا۔ وہ میری طرف آگئی۔ مجھے ایک طرف ہٹا کر خود پانی کھینچنے لگی۔ منٹوں میں میرا گھڑا بھر دیا۔ گھڑا اٹھانے میں میری مدد کرنے کے لیے آگے آئی اتنا قریب آگئی کہ میرا دل زور سے دھڑکنے لگا۔ جسم کانپنے لگا اور گھڑا ہاتھ سے چھوٹ گیا۔ لکشمی سر سے پاون تک بھیگ گئی۔

"پچی پلّا گاڈو"۔ (دیوانہ لڑکا) لکشمی ہنسنے لگی۔

میرے چہرے پر شرمندگی کے تاثرات تھے۔ میں نے سر اٹھا کر لکشمی کی طرف دیکھا تو بس دیکھتا ہی رہ گیا۔ لباس بھیگ کر اس کے جسم سے چمٹ گیا تھا' پو بھٹ رہی تھی۔ اس کا چہرہ روشن ہونے لگا۔ پھر وہ سورج کی کرنوں میں نہا گئی۔ جسم کے سارے خطوط واضح ہو گئے۔ وہ بدن اتنا سڈول تھا اس میں ایسی دلکشی او رعنائی تھی کہ سارے جسم میں ایک سنسنی سی دوڑنے لگی۔ اپنے مرد ہونے کا شدید احساس ابھر آیا۔ لکشمی نے اپنا گھڑا اٹھایا اور چلی گئی۔

لکشمی صبح چار بجے جاگتی تھی۔ آنگن میں جھاڑو لگاتی۔ اس پر گوبر کا چھڑکاؤ کرتی۔ نہا دھو کر بڑے انہماک سے مگو (رنگولی) سجاتی۔ بالماں ذرا دیر سے جاگتی۔ نہا دھو کر گیلے بالوں سے ناشتہ بناتی۔ اس دوران ملیا جاگتے ہی اپنے رکشہ میں بکٹ اور ڈول رکھ کر کنوئیں پر جاتا اپنا رکشہ دھو کر' نہا کر واپس آتا۔ بالماں ناشتہ کر کے بیڑی کے کارخانے کو چلی جاتی۔ ملیا رکشہ لے کر نکل جاتا۔ لکشمی اسکول جاتی۔ ناگماں گھر پر رہ جاتی۔ اکثر پرانے کپڑوں کے مضبوط ٹکڑوں کو جوڑ کر بنتہ (پرانے کپڑوں کے ٹکڑوں سے جوڑ کر بنائی گئی چادر) سیتی رہتی۔ کبھی چاول اور جوار صاف کرتی میں بھی آبادی میں چلا جاتا تو امی اکیلی رہ جاتیں۔ سوپ لے کر بیٹھ جاتیں اور بیڑیاں بناتیں۔ امی ٹھیک سے بیڑیاں نہیں بنا پاتی تھیں۔ ان کی بنائی ہوئی اکثر بیڑیاں رد کر دی جاتیں۔ بہت کم پیسہ ملتا تھا۔ بالماں بیڑیاں بنا کر اچھا خاصا کما لیتی تھی۔ وہ گھر پر بھی بیڑیاں بناتی تھی۔ وہ بہت ماہر تھی۔ لوہے کی قینچی سے ایک سائز کے پتے کچھ اس طرح کاٹتی تھی کہ دھبے لگے ہوئے حصے الگ ہو جاتے۔ سارے پتے ایک سائز

کے بنانے کے بعد ان میں تمباکو رکھ کر لپیٹتی۔ نچلے حصے پر سرخ دھاگے لپیٹ دیتی۔ اوپری حصہ پوری طرح بند کرنے کے بعد نچلے حصے میں خلا رکھ دیتی۔ ساری بیڑیاں ایک جیسی' مشین میں ڈھل کر نکلی ہوں۔ اس کے پاس کافی زیور تھا۔ وہاں کی ساری عورتوں کو زیور کا شوق تھا۔ ہر عورت کے گلے میں گنتا فسل (سونے کے موتیوں کا زیور)' بازوؤں میں کڑے 'کلائیوں میں سونے کی چوڑیاں' کمرپٹا' پیروں میں چین' پاؤں میں بچھوے 'کانوں میں تنکے' ناک میں لونگ....! کھانے اور کپڑوں پر زیادہ توجہ نہیں دیتے تھے۔ ان کے بلاوز کے آستین بہت چست ہوتے۔ کمر کھلی۔ بلاوز کے اندر کچھ بھی نہیں پہنتیں تھیں ان کے کسے ہوئے جسموں کو کسی سہارے کی ضرورت بھی نہ ہوتی۔ ساڑھی کا کاشٹا (مہاراشٹر این طرز کی ساڑھی) باندھتی تھیں۔ لڑکیاں لہنگا اور جیکٹ پہنا کرتی تھیں جس میں ان کے بدن کے خطوط واضح نہیں ہوتے تھے۔

سب کچھ لٹ جانے کے بعد بھی مسلمانوں میں ایک طنطنہ تھا۔ وہ اپنی سفید پوشی برقرار رکھنے کی پوری کوشش کرتے تھے۔ اونچے اور متوسط طبقے میں جو بھی ہوا ہو۔ عام ہندو اب بھی مسلمان شرفا کی عزت کرتے تھے۔ ملیا کا پورا خاندان امی کو درسانی (بیگم صاحبہ) کہتا تھا۔ ان سے ادب سے گفتگو کرتے تھے۔ امی کو کبھی شہر جانا ہوتا۔ کسی رشتے دار سے ملنا ہوتا۔ یا کلکٹر آفس سے وظیفہ لینے کے لیے جانا ہوتا تو وہ ملیا کے رکشہ میں جاتی تھیں وہ کبھی امی سے کرایے کی بات نہیں کرتا تھا اور امی بھی اسے توقع سے زیادہ ہی دیتی تھیں حالاں کہ گھر بڑی تنگی سے چل رہا تھا۔ مثل مشہور تھی "حیدرآباد نگینہ اندر مٹی اوپر چونا" سب کچھ تیزی سے بدل رہا تھا۔ حالی

اور کلدار سکوں کی جگہ نئے پیسے آ گئے تھے۔ سیر کی جگہ کلو گرام! امی اور ناگماں دونوں اس بات پر متفق تھیں کہ اس تول میں برکت ہے اور نہ پیسوں میں۔ پھر بھی امی ہر عید کا اہتمام کرتی تھیں۔ رجب میں کونڈے' محرم میں روٹ' چنگے' شربت اور قبولی۔ شب برات کی تیاریاں خاص طور پر کی جاتیں ابّا کی قبر پر جانا ضروری ہوتا۔ رات بھر امی عبادت میں مصروف ہوتیں۔ رمضان تو رمضان ہی تھا۔ سارے پڑوسیوں کو حصہ بھیجا جاتا۔ لکشمی کے گھر بھی حصہ ضرور جاتا۔ کالونی میں نہ کوئی مندر تھا اور نہ مسجد۔ جمعہ کے لیے مسلمان' آبادی کی جامع مسجد چلے جاتے۔ ہندو پوجا کے لیے کالونی سے باہر پہلے سے بنے ہوئے مندر جاتے۔

میں بہت صبح جاگ جاتا اور انتظار کرتا کہ لکشمی کب کنوئیں پر جاتی ہے۔ لکشمی کے ڈول اور گھڑا لے کر نکلتے ہی میں بھی نکل پڑتا۔ لکشمی نے محسوس کر لیا کہ میں اس کے لیے کنوئیں پر آتا ہوں۔ اس نے کبھی کوئی اعتراض نہیں کیا۔ نہ بے رخی کا اظہار کیا۔ خوش دلی کے ساتھ مجھ سے باتیں کرتی۔ ہم بہت جلد بے تکلف ہو گئے۔ لکشمی میرے حواس پر چھاتی جا رہی تھی ساری رات کروٹیں بدلتے گذرتی۔ شام اس کے اسکول سے لوٹنے کا بے چینی سے انتظار کرتا۔ میں جانتا تھا لکشمی بھی مجھے پسند کرتی ہے لیکن ہم دونوں ہی اظہار کرنے سے گھبراتے تھے۔

ایک دن میں نے مصمم ارادہ کر لیا کہ اپنے دل کی بات لکشمی سے کہہ دوں گا۔ دوسری صبح لکشمی اور میں پانی بھرتے رہے جب لکشمی نے اپنا آخری گھڑا کندھے پر رکھا۔ دوسرے ہاتھ میں رسی اور ڈول تھام کر لوٹنے لگی تو میں اس کے سامنے آ کر کھڑا ہو گیا۔

"کیا بات ہے؟ ہٹو سامنے سے۔"

"مجھے تم بہت اچھی لگتی ہو لکشمی!"

"ہٹو راستے سے۔ کوئی دیکھ لے گا"

"مجھ سے اکیلے میں ملنے کا وعدہ کرو"

لکشمی خاموش رہی۔

"میں شام میں کھیتوں کے پاس تمھارا انتظار کروں گا" میں نے جلدی جلدی کہا اور راستے سے ہٹ گیا۔ لکشمی گھر کی طرف چلی گئی۔

شام تک میں تذبذب اور بے چینی کی حالت میں رہا۔ شام ہوتے ہی میں کھیتوں کے پاس پہنچ گیا۔ کافی دیر انتظار کرنے کے بعد بھی لکشمی نہیں آئی تو میں مایوس ہو کر لوٹنے لگا۔ راستے میں لکشمی مل گئی۔

"تم آئیں کیوں نہیں" میں نے ناراضگی سے کہا"

"اماں کا کام ختم اچ نئیں ہوا تھا"

"کب سے انتظار کر رہا ہوں"

"شما کر دو" لکشمی نے عجیب انداز میں کہا"

میں نے اس کا ہاتھ پکڑ لیا۔ اس نے ہاتھ نہیں چھڑایا۔ نرم نرم سانولا ہاتھ۔

"میں اچھا لگتا ہوں تمھیں؟" میں نے اس کی آنکھوں میں جھانکتے ہوئے کہا۔

اس کے چہرے کا رنگ بدل گیا۔

"ہاتھ چھوڑو"

"جواب دو"

"ہوں" میں نے مارے خوشی کے لکشمی کو لپٹا لیا۔ لکشمی چپ چاپ سینے سے لگی رہی۔ زندگی کا پہلا تجربہ تھا۔ دل زور زور سے دھڑک رہا تھا۔ میں نے اس کے دل کی دھڑکن محسوس کی جیسے کوئی پرندہ ہانپ رہا ہو۔ کان گرم ہو گئے۔ چہرہ تپنے لگا۔ حلق خشک ہو گیا۔ خوف اور مسرت کی عجیب کیفیت تھی۔ کھیت میں سرسراہٹ ہوئی۔ ایک بکری نکل کر بھاگی۔ ہم الگ ہو گئے۔ لکشمی نظر نہیں ملا پا رہی تھی۔ اس نے کھیت سے ایک گنا توڑ لیا۔ اس کے دو ٹکڑے کیے ایک مجھے دیا۔ میں دانتوں سے گنا چھیل کر کھانا جانتا تھا۔ ضلع کا ہر بچہ جانتا تھا۔ یہاں سے پچاس میل

دور پر شوگر فیکٹری تھی۔ ہمارا اسکول ریلوے اسٹیشن کے قریب تھا۔ گنا بیل گاڑیوں میں لد کر اسٹیشن آتا وہاں سے دیگنوں میں بھر کے فیکٹری بھیجا جاتا۔ لڑکوں کا بیل گاڑیوں سے گنا چرا لینا عام بات تھی۔ ہم لوگ گنا کھاتے ہوئے ندی کی طرف بڑھنے لگے۔ گنے کے رس سے حلق کی خشکی کچھ کم ہوئی۔ ہم لوگ ندی کے کنارے پانی میں پیر چھوڑ کر بیٹھ گئے۔ ایک فرحت بخش احساس ہوا۔

آپ کے پاؤں کتنے گورے ہیں" لکشمی نے کہا

"صرف پاؤں؟" میں نے ہنستے ہوئے کہا

"نئیں آپ بھی بہت سندر اور گورے ہیں۔ راجکماروں جیسے"

"راج کمار؟ میں زور سے ہنسا" کیا یہاں بھیس بدل کر غریبوں کا حال معلوم کرنے کے لیے آیا ہے؟"

"سچی میں سونچتی ہوں آپ لوگاں یہاں کیوں آئے۔ بیڑی بنانے والوں کی

کالونی میں"

"مکان کی خاطر!" میں نے لکشمی کو اپنے بارے میں بتایا۔ لکشمی کی آنکھوں میں ہمدردی تھی۔ "اب چلو' بہوت' دیر ہو گئی" لکشمی نے کہا "ہم روز ملیں گے نا؟" میں نے اس کی آنکھوں میں جھانکتے ہوئے کہا۔

"ہاؤ" لکشمی نے دھیرے سے کہا اور آنکھیں جھکا لیں۔

ہم لوگ واپس ہو گئے۔ میری خوشی کا کوئی ٹھکانہ نہ تھا لکشمی میری زندگی میں آنے والی پہلی لڑکی تھی۔ مجھے گمان بھی نہیں تھا کہ ایک ہی ملاقات میں لکشمی اتنی قریب آجائے گی۔ میں ساری رات سو نہ سکا۔ سرشاری اور تشنگی کا ملا جلا احساس تھا۔ کسی لڑکی کے بدن کا پہلا لمس کتنا سنسنی خیز ہوتا ہے اس کا پہلی بار احساس ہوا۔ بار بار لکشمی کا خوب صورت چہرہ' نسوانیت سے بھرپور بدن نظروں کے سامنے آجاتا لکشمی کے چہرے پر عجیب سی کشش تھی۔ اس کی کالی کالی بڑی بڑی آنکھوں میں بے

پناہ جاذبیت تھی۔ ناک تھوڑی سی چھوٹی تھی لیکن بھرے بھرے گالوں پر اچھی لگتی تھی۔ چھوٹا سا دہانہ۔ نازک سے ہونٹ۔ چمک دار دانت' جب ہنستی تو چہرے پر معصومیت کی لہر دوڑ جاتی۔ گالوں میں گڑھے بن جاتے۔ لمبے سیاہ بال۔ صاف جلد۔ رنگ بہت گورا نہیں تھا لیکن چہرے پر بے پناہ نمک تھا۔ محنت کش لڑکیوں کی طرح مضبوط بدن تھا۔ اس کی شخصیت میں بانکپن تھا۔

میں دن بھر لکشمی سے ملنے کے لیے بے چین رہنے لگا۔ ایک عجیب سی دیوانگی تھی۔ لکشمی کے علاوہ کچھ سوجھتا ہی نہیں تھا۔ ان دنوں میں بے کار تھا۔ میٹرک پاس

کر چکا تھا۔ کالج کی پڑھائی کا سوال ہی نہیں تھا۔ ملازمت حاصل کرنا بہت مشکل تھا۔ سب کے مشورے سے ٹائپ سیکھنے کے لیے جانے لگا۔ ٹائپ اور شارٹ ہینڈ کی بہت قدر تھی۔ گھنٹہ بھر ٹائپ کی پریکٹس کرتا۔ ادھر اُدھر دوستوں میں وقت گزار کر لکشمی کے اسکول سے لوٹنے تک واپس آجاتا۔

ہم پابندی سے ملنے لگے۔ شام کھیتوں کے پاس ملتے۔ کسی کو ذرا سا شبہ بھی نہیں ہوا تھا۔ ایک دن لکشمی بہت خوش تھی۔

"دیکھو۔ بھابھی نے مجھے سونے کی انگوٹھی دی ہے" اس نے انگوٹھی اُتار کے میرے ہاتھ میں دے دی۔

"اچھی ہے۔ تمھیں سونا پسند ہے؟"

"ہر عورت کو پسند ہوتا ہے۔ ہماری کالونی کے سارے عورتاں یہ اچ کرتے۔ مزدوری کر کے پیسے جمع کرنا او زیور بنانا۔"

"ایک بات بتاؤں"

"ہوں"

"امّی کے پاس سونے کا ایک تار بھی نہیں ہے"

وہ حیرت زدہ رہ گئی۔ ایسا کیسے ہو سکتا؟"

"ایسا ہی ہے۔ ہم لوگ بھی نا۔ سارا پیسہ زبان کے چٹخارے' عیدوں اور رسموں پر خرچ کر دیتے ہیں"

"میرے پاس ایک ترکیب ہے"

"کیا......؟"

"کسی مال دار لڑکی سے شادی کرلو۔ ڈوری میں خوب پیسہ اور ایک گھر لے لینا۔ زیور بھی آجائیں گا"

"مذاق اڑارہی ہو میرا؟"

"نئیں سچی۔ تم کو خوب صورت لڑکی بھی مل سکتی ہے اور یہ سب کچھ بی"

"لکشمی میں صرف تم سے شادی کروں گا"

"ایسا ہو ئچ نئیں سکتا۔ تم ایک اچھے خاندان کے مسلمان۔ میرا انار رکشہ چلاتا۔ بھابھی بیڑیاں بناتی ہے۔ نیں۔ ہمارا کوئی جوڑ نیں ہے"

"سب مجھ پر چھوڑ دو۔ میں امّی کو منالوں گا۔ اچھا یہ بتاؤ انار کشہ کیوں چلاتے ہیں"

"کیا کریں گے ان کو کوئی اور کام آتچ نئیں۔ اماں اور بھابھی سمجھا سمجھا کے تھک گئے۔ نائنا (والد) ہمارے گاوں کے نواب صاحب کے خاص آدمی تھے۔ اماں بولتے کہ نواب صاحب ان پہ بہوت بھروسہ کرتے تھے۔ ان کو ہر جگہ اپنے ساتھ رکھتے تھے۔ پولیس ایکشن میں ہمارا گاوں بہوت متاثر ہوا۔ نواب صاحب کا بنگلہ جلا دیا گیا۔ ان کے اپنے گاوں والے ان پر حملہ کرے تو نواب صاب کا بنگلہ جلا دیا گیا۔ ان کے اپنے گاؤں والے ان پر حملہ کرے تو نواب صاب کو بہوت صدمہ ہوا۔ بعد میں جاگیراں بی ختم ہو گئے۔ پولیس ایکشن کے بعد نواب صاب گھر سے باہر نئیں نکلے ان کا جنازہ اچ نکلا۔ نائنا بی زیادہ دن زندہ نہیں رہے۔ نائنا کے انتخال کے وخت بہوت چھوٹی تھی۔ ہم لوگاں گھر بیچ کے یہاں آگئے۔ یہاں آنے کے بعد انار کشہ چلانے لگے۔" کچھ دیر

خاموشی رہی۔

"آپ لوگوں کو دیکھ کے اماں نواب صاب کے گھر والوں کو بہوت یاد کرتے"

"ہم لوگ کوئی نواب وواب نہیں ہیں" میں نے کہا۔ "میں شادی کروں گا تو صرف تم سے کروں گا۔ شادی کروگی نا مجھ سے؟" لکشمی اچانک مجھ سے لپٹ گئی۔ بہت دیر تک سینے سے لگی رہی۔

"بس نوکری ہو جانے دو۔ سب کچھ ٹھیک ہو جائے گا' لیکن تمھیں کچھ نہیں ملے گا۔ یہ پیسہ نہ زیور!"

"تمہارے جیسے گورے گورے بچے تو ملیں گے" لکشمی نے شرارت سے کہا۔

"پوری فوج تیار کر دوں گا" میں نے ہنس کر کہا۔

روزانہ کی طرح اس دن بھی ہم شام کو ملے۔ دیکھا کہ کافی چھل پھل ہے۔ گنے کی فصل کٹ رہی تھی۔ بیل گاڑیوں میں گنا لا اجا رہا تھا۔ میں اور لکشمی الگ الگ راستوں سے ندی کے کنارے پہنچے۔ میں نے ایک گنا اٹھالیا۔ ندی کے کنارے بیٹھ کر ہم گنّا کھانے لگے۔ دنیا بھر کی باتیں کرنے لگے۔ گنا کھانے کے بعد ہم دونوں نے ندی میں اُتر کر ہاتھ دھوے میں نے پانی چاہا تو لکشمی نے روکا۔

"گنّا کھانے کے بعد پانی پینے سے زبان کٹ جاتی ہے"۔ میں رک گیا۔ لکشمی کے اس طرح منع کرنے پر مجھے اس پر بے اختیار پیار آیا۔ میں نے اسے اپنی طرف کھینچا اور ہونٹ چوم لیے۔ الگ ہونا چاہا تو ہونٹ ذرا مشکل سے الگ ہوئے۔ گنے کے رس کی وجہ سے ہونٹ چپک گئے

تھے۔ دونوں کی ہنسی چھوٹ گئی۔ اس روز ہم دیر تک بیٹھے رہے۔ تا کہ کھیت کی

کٹائی کرنے والے لوٹ جائیں۔ ہمارا اندازہ غلط نکلا۔ ابھی ہم نے تھوڑا سا راستہ ہی طے کیا تھا کہ کئی لوگ نظر آئے۔ انھوں نے ہمیں گھیر لیا۔

"کاں سے آرے رے تم لوگاں" ایک آدمی نے دھمکایا

"جی ندی سے"

"انّا انے ترکولڑلو (مسلمان) ہے" انے اور لکشمی دونوں روزیاں آکے ملتے"

"اے تو بھاگ یہاں سے" کسی نے لکشمی سے کہا۔ لکشمی چلی گئی

"کیا رے آشخی کررّا" ایک آواز آئی۔

"یہ سارے کمینے کالونی میں آکے بس گئے۔ ان لوگاں بیڑی مزدور بی نئیں ہے"

"کیا رے نظام کا زمانہ سمجھا کیا؟"

"ان کے خون میں عیاشی ہے انّا"

"عیاشی ویاشی سب نکال دیں گے"

میرا سر چکرانے لگا۔ بے عزتی اور ذلت کا شدید احساس ہوا۔ سر سے پیر تک پسینہ بہنے لگا۔

"بولتا کیوں نئیں رے"

"مارو سالے کو" ایک آواز آئی۔ وہ سب اچانک پل پڑے۔ تھپڑ گھونسے' لاتیں۔ غنیمت ہے کسی نے لاٹھی کا استعمال نہیں کیا۔ پھر وہ مجھے چھوڑ کر چلے گئے۔ بڑی مشکل سے میں اٹھ پایا۔ ندی پر جاکر منہ دھویا۔ خون صاف کیا۔ سارے کپڑے گندے ہو گئے تھے۔ جسم پھوڑے کی طرح دکھ رہا تھا۔ چپکے سے گھر میں

داخل ہوا۔ امّی باورچی خانے میں تھیں۔ کپڑے تبدیل کر لیے۔ امی میرا حلیہ دیکھ کر گھبرا گئیں۔

"کیا ہوا؟"

"سائیکل سے گر پڑا" میں نے جواب دیا۔

مجھے بہت خوف ہو رہا تھا۔ کالونی میں بات پھیلے گی تو بڑی بدنامی ہو گی۔ خاندان بھر میں منہ دکھانے کے قابل نہیں رہوں گا۔ یہ بھی خیال آتا تھا کہ ممکن ہے بات ختم ہو جائے۔ ایک دھڑکا لگا ہوا تھا۔

دوسرے روز پوری کالونی میں میری پٹائی کی بات پھیل گئی۔ بد قسمتی سے اسی روز ضلع میں فساد ہو گیا۔ یہ افواہیں گشت کرنے لگیں کہ میری اور لکشمی کی بات کو لے کر یہاں بھی ہنگامہ کیا جائے گا۔ تیاریاں کی جا رہی ہیں۔ دوسرے محلوں سے غنڈے بلائے جا رہے ہیں۔ امی بے حد پریشان تھیں۔ انھیں کچھ سمجھائی نہیں دے رہا تھا۔ کبھی وہ مجھے ڈانٹنے لگتیں کہ کیوں میں اس حرافہ کی چکر میں پھنس گیا۔ کبھی لکشمی کو کوسنے لگتیں۔ ان لڑکیوں کا کام ہی یہی ہے۔ اچھے خاندان کے لڑکوں کو پھنسانا۔ کالونی میں ایک سراسیمگی پھیل گئی تھی۔ مجھے بہت خوف ہو رہا تھا پتہ نہیں کیا ہونے والا ہے؟ شام ماموں نے آکر امی سے بتایا کہ تمام مسلمانوں نے فیصلہ کیا ہے کہ کچھ دنوں کے لیے ضلع کے محفوظ علاقوں میں چلے جائیں۔ جب ہنگامہ تھمے گا تو لوٹ آئیں گے۔ امی زیادہ ہی ڈری ہوئی تھیں۔ انھوں نے بہن کے گھر شہر جانے کا فیصلہ کیا۔ ملیا نے کتنا اصرار کیا کہ وہ بس اسٹاپ پر چھوڑ آئے گا۔ امی نہیں مانیں۔ ہم کھیتوں سے ہوتے ہوئے بس اسٹاپ پہنچے۔

بہن اور بہنوائی کو امی نے کچھ نہیں بتایا۔ بس اتنا ہی کہا کہ حالات پُر سکون ہونے کے بعد ہم لوٹ جائیں گے۔

ہفتہ بھر بعد ماموں کا خط آیا کہ کالونی واپس لوٹنے کی کسی میں ہمت نہیں ہے۔ انھوں نے ملیا سے ہمارا سامان بھی منگوا لیا ہے۔ خط پڑھنے کے بعد امی گم صم ہو گئیں۔ اس رات انھیں تیز بخار چڑھا۔ رات انھوں نے ضرورت سے اٹھنا چاہا تو اٹھ نہیں سکیں۔ صبح ڈاکٹر نے بتایا کہ انھیں فالج ہو

گیا ہے۔ جسم کا بایاں حصہ متاثر ہوا تھا۔ چہرے کا بایاں حصہ 'ہاتھ اور پیر کام نہیں کر رہے تھے۔

بہنوائی کی کوششوں سے مجھے ان کے آفس میں عارضی کلرکی مل گئی تھی۔ جو بھی تنخواہ ملتی اس کا بڑا حصہ امی کے علاج پر لگ جاتا۔ امی داماد کے گھر رہنے سے خوش نہیں تھیں لیکن مجبوری تھی۔

بہن پر کام کا بوجھ بڑھ گیا تھا۔ کبھی کبھی وہ جھنجھلا جاتیں۔ بہنوائی نے کبھی اظہار نہیں کیا تھا وہ بھی خوش نہیں تھے۔ مذاق مذاق میں کہتے کہ امی کی خدمت کرنے کے لیے اب شادی کر لو۔

تین چار برس سے زندگی ایک ہی محور پر گھوم رہی تھی۔ آفس' گھر اور امی کی خدمت! امی کی ذہنی حالت بھی خراب ہوتی جا رہی تھی۔ وہ ایک ہی جملہ کہتیں۔

"اپنے گھر چلو"

امی کی اس بات سے بہن بہت چڑ جاتی تھیں۔

مجھے لکشمی کی بہت یاد آتی تھی۔ پتہ نہیں اس پر کیا گذری؟

ایک لمبی کشمکش کے بعد امی کو اس تکلیف دہ صورت حال سے نجات حاصل ہوئی۔ آج فجر کی اذاں کے ساتھ امی نے آخری سانس لی۔ امی نے بہت پہلے کہہ رکھا تھا کہ انھیں ابا کے پہلو میں دفن کیا جائے۔ ہم ضلع کی طرف جا رہے تھے۔

ماموں کے گھر پر ویان رکی۔ تمام رشتے دار پہلے ہی سے جمع تھے۔ کچھ لوگوں نے گلے لگا کر آنسو بہائے کچھ لوگوں نے عجیب نظروں سے دیکھا' جیسے امی کی موت کا ذمہ دار میں خود ہوں۔

تدفین کے بعد ہم لوگ ماموں کے گھر رک گئے۔ فاتحہ سیوم کے بعد شہر لوٹنا تھا۔ دل کی کیفیت اور ہی تھی۔ ایک بے چینی سے محسوس ہو رہی تھی۔ امی کے بچھڑنے کا غم! رشتہ داروں کی مشکوک نظریں! لکشمی کے بارے میں جاننے اس سے ملنے کی شدید خواہش رات بھر کروٹیں بدلتا رہا۔ ماموں بہن بہنوائی کی خاطر تواضع اور ان سے باتیں کرنے میں مصروف تھے۔

تیسرے روز فاتحہ پڑھ کر لوٹے تو قبرستان کے پھاٹک پر ملیا نظر آیا۔ کافی کمزور لگ رہا

تھا۔

"بابو دُرسانی سچی پوئی نا؟ (بیگم صاحبہ کا انتقال ہو گیا؟)

"ہاں" میں نے رندھے ہوئے گلے کے ساتھ کہا۔ مجھے توقع نہیں تھی کہ ملیا سے یوں

ملاقات ہو گی۔ "تمھیں کیسے پتہ چلا؟"

"کل مارکٹ میں آپ کے ماما مل گئے تھے" وہ امی کو یاد کر کے رونے لگا۔

"ملیا۔ ایک بات کہوں؟"

"جی بابو"

"کیا میں وہ گھر دیکھ سکتا ہوں جہاں ہم رہتے تھے"

"کیوں نئیں بابو۔ میرے ساتھ چلیئے"

میں نے ماموں سے بہانہ کیا۔ اور رک گیا۔ سب کے جانے کے بعد میں ملیا کے رکشہ میں سوار ہو گیا۔

"تم نے رکشہ چلانا نہیں چھوڑا؟" میں نے پوچھا۔ ملیا کھسیانے انداز میں ہنسنے لگا ادھر کافی عمارتیں تعمیر ہو گئی تھیں۔ ریلوے گیٹ بھی تبدیل کر دیا گیا تھا۔ سڑک جو سنسان رہا کرتی تھی اس پر چہل پہل نظر آرہی تھی۔ کنکریٹ کی جگہ تارکول کی سڑک بن گئی تھی۔

"کافی رونق ہو گئی ادھر تو"

"ہاں۔ آبادی بڑھ گئی ہے"

"پانی کا کنکشن لگ گیا؟"

"ہاں"

"کتنی تکلیف ہوتی تھی کنوئیں سے پانی بھرنے کے لیے" میں نے کہا

ملیا نے کوئی جواب نہیں دیا۔ ہم لوگ کالونی میں داخل ہوئے کئی دکانیں کھل گئی تھیں ایک پرائیوٹ

انگلش اسکول کا بورڈ بھی نظر آیا۔ مکانات کے اطراف احاطے کی دیواریں اٹھالی گئیں تھیں۔ یہ احاطے ہرے بھرے تھے۔ پہلی بار مجھے اپنے گھر کے کھونے کا

افسوس ہوا۔ تین چار برس میں کتنا کچھ بدل گیا تھا۔ ملیا نے ہمارے گھر کے سامنے رکشہ روکا۔ آنگن میں گوبر کا چھڑکاؤ تھا۔ خوب

صورت مگو (رنگولی) بنا تھا۔ چوکھٹ پر آم کے پتے ایک ڈوری میں پرو کر لٹکا دیئے گئے تھے۔ دہلیز پر نقش و نگار بنے تھے۔

"کون رہتا ہے یہاں ؟"

ہم ہی رہتے ہیں۔ ہم نے یہ گھر لکشمی کے نام الاٹ کروادیا"

"اچھا؟"میرے لہجے میں اتنی تلخی پتہ نہیں کہاں سے آگئی تھی۔

ملیا نے یا تو اسے محسوس نہیں کیا یا نظر انداز کر گیا۔ دروازے کے قریب پہنچ کر ملیا نے تیلگو میں آواز لگائی۔ جو عورت باہر آئی وہ لکشمی تھی۔ وہی بڑی بڑی آنکھیں' تیکھے نقوش جسم پہلے سے زیادہ بھرا بھرا الگ رہا تھا۔ وہ زیادہ خوبصورت ہو گئی تھی۔ میں اسے دیکھتا ہی رہ گیا۔ لکشمی کے چہرے پر خوشی اور حیرت کے جذبات تھے۔

"آپ؟"اس نے بے ساختہ کہا

"اندر آجایئے۔" ملیا نے کہا میں ابھی آیا ملیا شاید ہمیں تنہائی میں بات کرنے کا موقع دینا چاہتا تھا۔ لکشمی نے ایک فولڈنگ چیر لگادی۔ خود فرش پر بیٹھ گئی۔

"انا نے آپ کی امی کے بارے میں بتایا۔ افسوس ہوا"

"اپنا گھر کھونے کے غم میں ایسے بیمار پڑیں کہ....."میرا گلہ بھر آیا

لکشمی نے سر جھکا لیا۔ اس کی آنکھوں سے بھی آنسو بہنے لگے۔ ایک تکلیف دہ خاموشی چھا گئی۔

"ہمارے جانے کے بعد تمھارے ساتھ کیا ہوا؟"

"کچھ نئیں۔ وہ تو مسلمانوں کو یہاں سے بھگانے کا بہانہ تھا۔ فساد بھی نئیں ہوا یہاں۔

البتہ اماں میری شادی کی جلدی کرنے لگی"

"شادی ہوگئی تمھاری"

"ہاں"

مبارک ہو"میرے لہجے میں پھر وہی تلخی عود کر آگئی کب ہوئی؟"

آپ لوگوں کے جانے کے ایک سال بعد..... اماں'انا کے پیچھے پڑگئی تھی۔

"کیا کرتے ہیں تمھارے میاں؟"

"کھیتاں اور زمیناں تھے۔"

"تھے کیا مطلب؟"

"میرے کو چھوڑ دیے انوں۔"

"ارے کیوں؟" مجھے یقین تھا اس کی وجہ ہمارا عشق ہی ہو گا۔ "کیا بات ہوئی؟"

"بچے کی وجہ سے"

کیا انہیں بچے کی شدید خواہش تھی اور تم ماں نہ بن سکیں؟"

"نیں۔ ایک بچہ ہے میرا" لکشمی چپکے چپکے رونے لگی۔ میری سمجھ میں نہیں آرہا تھا کہ کیا کہوں۔ تب ہی ملیا اندر آیا۔ اس کی گود میں ایک خوب صورت لڑکا تھا۔ گورا رنگ' سیاہ آنکھیں' گھنگھریالے بال!

"بڑا پیارا بچہ ہے۔ ادھر آو بیٹا" میں نے بے اختیار کہا۔ ملیا نے اسے تیلگو میں

سمجھایا کہ میرے پاس جائے۔ لڑکا چپ چاپ میرے پاس آگیا۔

"کس کا لڑکا ہے ؟"میں نے پوچھا۔

"لکشمی کا"ملیا نے دھیرے سے کہا۔ میں چونک پڑا۔

"آپ کو یقین نیءں آیانا؟"

"نہیں۔ میرا مطلب ہے"میں گڑبڑا گیا۔

"کوئی بی یخین نہیں کرتا۔ اماں' ودنا(بھابھی) رشتے دار'کالونی والے۔ کوئی یخین نئیں کرتا۔ ان کو بھی یخین نہیں آیا۔ سب میرے پہ شبہ کرتے ہیں۔"

"کیا شبہ کرتے ہیں؟

"یہ کہ۔ لکشمی لمحے بھر کو رُکی۔ اس کو سب آپ کا بچہ سمجھتے ہیں" لکشمی نے جلدی سے کہا۔ ملیا باہر چلا گیا۔

"لیکن لکشمی تم جانتی ہو ہمارے درمیان ایسا کچھ بھی نہیں ہوا" میں نے سٹپٹا کر کہا۔

"ہاو۔ مگر کوئی ماننے کو تیار اچ نئیں ہے خسماں کھا کھا کے تھک گئی۔ ان سے کتنا آجزی کی۔ نئیں مانے' آخر چھوڑ دیا ہم کو۔ الگ ہو گئے۔ لکشمی رونے لگی۔"بڑی بے غیرتی کی زندگی ہے۔ انا اور یہ بچہ نئیں ہوتا تو باؤلی (کنواں) میں کود کے مر جاتی۔"

میں سناٹے میں آگیا۔

قارئین! کہانی کا ایک انجام تو یہ ہو سکتا ہے کہ میں کسی جھمیلے میں نہ پڑ کر فرقہ وارانہ کشیدگی کا خطرہ مول لے بغیر لکشمی کو دلاسہ دے کر چپ چاپ یہاں سے

چلاؤں۔ لکشمی کو بھلا کر ایک نئی زندگی کا آغاز کروں۔

دوسرا انجام یہ ہو سکتا ہے کہ میں لکشمی اوراس کے بچے کو اپنالوں۔ لکشمی کو میں نے چاہا ہے۔ وہ میری پہلی محبت ہے۔ امی کے انتقال کے بعد میں بالکل تنہا ہو گیا ہوں۔ میں کسی کو جواب دہ بھی نہیں ہوں۔ ہم دونوں کہیں دور چلے جائیں اور اپنی مرضی سے زندگی گزاریں۔

***

۳

خس آتش سوار

سورج نکلنے میں دیر تھی۔ گرودیو نے آنکھیں موندے موندے سوچا وہ سب اپنی اپنی ذمہ داریاں سنبھال چکے ہوں گے۔ دو گھنٹے بعد وہ میڈیٹیشن ہال میں جمع ہو جائیں گے۔ آج انھیں لکچر دینا تھا۔ انھیں اس بات کا اچھی طرح احساس تھا کہ ان کے پاس ایسے الفاظ ہیں جو سننے والوں پر جادو کر دیتے ہیں۔ ان لفظوں میں باندھ کر وہ اپنے عقیدت مندوں کو جہاں جی چاہا پہنچا سکتے ہیں۔ ان کے الفاظ سن کر سب پر ایک کیفیت طاری ہو جاتی ہے اور ان لفظوں کے سہارے وہ نئے نئے جہانوں کی سیر کرنے لگتے ہیں اس لیے وہ دیوانہ وار اس ہال میں جمع ہو جاتے ہیں۔ یہ جادو بڑے گردیو کے پاس بھی نہیں تھا وہ سب ان کا احترام کرتے تھے۔ ان کی تپسیا کے قصے، ان کی عبادت کی کہانیاں سارے جگ میں مشہور تھیں وہ بہت بڑے گیانی تھے۔ رات دن دنیا سے بے خبر اپنی کٹیا میں بیٹھے بوسیدہ بوسیدہ پتروں میں علم کا سمندر کنگھالتے تھے۔ گرودیو جانتے تھے کہ بڑے گرودیو کی عزت ساری دنیا کرتی ہے۔ مگر ان کے پاس وہ لفظ نہیں ہیں جو مختلف روپ دھار کے ایک نئی دنیا بناتے ہیں۔

اُپدیش دینے کے بعد وہ اپنی کٹیا میں چلے آتے ان کے پیچھے کچھ چیلے چیلیاں

آ جاتیں وہ سب ان کے گرد جمع ہو جاتے۔ ویسے ان کی کٹیا میں آنے کی ہر ایک کو اجازت تھی۔ لیکن ایک مخصوص گروہ جو ان سے بے پناہ عقیدت رکھتا تھا۔ انھوں نے اسے ہر قسم کی آزادی دے رکھی تھی۔ جسے بھوک لگتی وہ برتن ٹٹول کے جو کچھ بھی ملتا کھالیتا۔ گرودیو کے برتن کبھی خالی نہیں رہتے۔ اکثر عقیدت مند مٹھائی اور پھل لے کر آجایا کرتے۔ کبھی کبھار چیلے چیلیاں کھیلنے لگتے۔ پانی سے ہولی کھیلی جاتی۔ گیروے رنگ کے لباس بھیگ کر چیلیوں کے بدن کے سارے راز عیاں کر دیتے۔ لڑکیاں کھلی کتاب بن جاتیں لڑکوں کی آنکھیں چمکنے لگتیں۔ وہ ان کتابوں کا لفظ لفظ پڑھ لینا چاہتے اور اس کوشش میں وہ ایسے ایسے حصوں پر پانی بھری بالٹیاں الٹنے لگتے جہاں پانی تیزی سے بہہ کر آبشار بنانے لگتا۔

گرودیو مسکرادیتے" دیکھو وہ سب کیسے معصوم لگ رہے ہیں بچوں کی طرح۔ ہر چھل کپٹ سے آزاد"۔

"ان میں کوئی بچہ نہیں ہے" ماں جوگیشوری برا سا منہ بنا کر کہتیں جو چالیس بیالیس سال کی ہو کر بھی غیر شادی شدہ تھیں۔ رات دن خدمت کر کے انھوں نے گرودیو کے دل میں جگہ کر لی تھی سارے چیلے چیلیاں ان کا لحاظ کرتے تھے۔" یہ اس وقت تک بچے ہی ہیں جب تک اپنے خول توڑ کر باہر نہیں آتے" گرودیو مسکراتے۔" اس کی طرف دیکھئے" ماں جوگیشوری اس دراز قد چیلے کی جانب انگلی اٹھا کر کہتیں۔ جو ہر وقت بڑے گرودیو کے کھڑاویں سینے سے لگائے رکھتا۔ اس وقت اس دراز قد چیلے کی آنکھیں رال ٹپکاتی ہوتیں۔ چھوٹے سے قد کی اس لڑکی کو دیکھ کر وہ زیادہ ہی مضطرب ہو جاتا۔ جس کا جسم بھرپور تھا۔ ایسا معلوم ہوتا تھا جیسے اس کے

جسم پر صرف دائرے ہی ہیں۔ دراز چیلے کی آنکھیں اس وقت اپنے حلقوں سے نکل کر ان دائروں میں گردش کر رہی تھیں۔ ایسی حالت میں اسے دیکھ کر وہ چیلی قہقہہ لگاتی اور اپنے ساتھیوں سے کہتی "طوطا" اور پھر قہقہہ اجتماعی آواز کا شور بن جاتا۔

"بچے ہی ہیں نا؟ ان کی ہنسی میں چھپی معصومیت کو سنو" گرودیو کہتے "اس کی آنکھوں میں ہوس صاف جھلک رہی تھی۔ آپ انھیں سزا کیوں نہیں دیتے؟" ماں جوگیشوری برا سامنہ بنا کر کہتیں۔

"دھیرے دھیرے اس کی آنکھوں کی کیچڑ صاف ہو گی۔ دیکھو ہم سب منش ہیں تم بھی اور میں بھی۔ غلطی منش ہی کرتا ہے۔ اسے معاف کرنا سیکھو" سزا دینا ہمارا نہیں ایشور کا کام ہے" گرودیو کہتے۔

گرویدو کو آشرم کی پوری خبر رہتی تھی۔ وہ ان کے نجی مسائل میں بھی دلچسپی لیتے تھے۔ ان کے مسائل حل کرنے کی بھی کوشش کرتے ان کے عقیدت مند ان کے ہاتھوں مہورتیں نکلواتے۔ جنم کنڈلی دکھاتے۔ گرودیو انھیں مشورہ دیتے۔ اس لیے ان کی کٹیا عقیدت مندوں سے بھری رہتی۔ کچھ ضرورت مند بھی وہاں موجود ہوتے کیوں کہ وہ لوگوں کی ضرورتیں ان کے چہروں سے پڑھ لیا کرتے اور اس طرح مدد کرتے تھے کہ کسی کو پتہ بھی نہ چلتا۔

صبح وہ مڈیٹیشن ہال پہنچ گئے۔ حسبِ معمول وہاں بہت سارے چیلے اور چیلیاں موجود تھیں۔

"آتم وچار کرو۔ اپنے نفس کو پہچاننے کی کوشش کرو۔ اسی میں مکتی ہے۔ سیّم شانتی نفس کو پہچاننے سے ملتی ہے۔ اس کے سوا سب دھوکا ہے مایا جال ہے۔ منش

کی ظاہری شکل بھی دھوکا ہے۔ اس لیے آثار و مظاہر میں نہیں کھونا چاہیے۔ اصل آتما ہے شریر ایک خول ہے۔ آتما کو پہچانو۔ منش کی اصلیت کو جانو۔ اور واستو کتا کا گیان حاصل کرو۔ آتما سے پرماتما تک پہنچنے کا راستہ تلاش کرو۔

"پھر ہمارے شریر کیا ہیں؟" گورے چٹے چیلے نے ان سے سوال کیا؟

"ایک سندر سا خول اور کچھ نہیں"

"ہماری حقیقت کیا ہے؟"

"کسی کی کوئی حقیقت نہیں۔ حقیقت یا واستو کتا صرف بھگوان ہے۔ سرشٹی کا۔ استھتو اواستوک یا ستیہ نہیں ہے۔ جو کچھ نظر آتا ہے وہ دھوکہ ہے"

"آتما کیا ہے؟"

"آتما کا بھگوان سے الگ کوئی وجود نہیں سرشٹی کے کَن کَن میں وہ اپستھت ہے۔"

"بھگت کو یہ کلپنا کرنی چاہیے کہ بھگوان اس سے جدا نہیں ہے بلکہ اس کے گھٹ میں سمایا ہوا ہے تب ہی آتما اور پرماتما ایک ہو سکتے ہیں۔ اس لیے آتما کو مضبوط بناؤ۔ خول مٹی میں مل جائے گا اسے کیڑے مکوڑے کھا جائیں گے اس لیے خول کے جال میں نہ پھنسو۔ ساری آتمائیں ایک جیسی ہوتی ہیں جگ میں ستری اور پرش بھیتر سے ایک جیسے ہیں"

"ہمارا اصل روپ کیا ہے؟"

"بہت ہی گھناؤنا۔ تم لوگ سہن نہ کر پاؤ گے۔ اس پر جھوٹ کا ملمع چڑھا رہنے دو"

"ہم اپنے آپ کو دیکھنا چاہتے ہیں"

"اس کی تم میں طاقت نہیں ہے"

"آپ بتایئے ہمیں اپنا اصل روپ"سب نے اصرار کیا۔

پھر وہ مجبوراًراضی ہو گئے۔ کچھ دیر سوچنے کے بعد انھوں نے کہا۔

"جسے اپنے آپ کو دیکھنا ہو وہ میرے ساتھ کٹیا چلے"

"ان کے پیچھے وہی مخصوص چیلے چیلیاں رہ گئے۔ باقی کو اپنی ذات سے کوئی دلچسپی نہ تھی۔ سب کٹیا میں جمع ہو گئے۔ انھوں نے ایک بڑے سے برتن میں جل ڈالا اور کچھ اشلوک پڑھنے لگے۔ ایک سناٹا چھا گیا۔ کسی کی ہمت نہیں ہو رہی تھی کہ اپنا اصلی روپ دیکھے پتہ نہیں کیسا ہو؟

سب سے پہلے وہ لنگڑا اچیلا اچھلتا ہوئے برتن تک گیا۔ اپنا عکس دیکھ کر وہ چونک پڑا سب برتن پر جھک گئے۔ بڑی عجیب شکل تھی گدھے کا سر، بیل کا جسم، کوے کی چونچ، سب سے قہقہہ لگایا۔ لنگڑا چیلا کھسیانی ہنسی کے ساتھ وہاں سے ہٹ گیا۔ پھر گوراچٹا چیلا برتن کے پاس گیا۔ وہاں چھوٹا سا بندر نظر آرہا تھا۔ بے چین مضطرب!! قہقہہ!!

دراز قد چیلے کو سب نے دھکیل کر برتن تک پہنچایا۔ طوطے کی شکل، آنکھوں میں کیچڑ، اس کے چہرے پر سب سے نمایاں زبان تھی۔ بار بار تلوے چاٹنے کے عمل سے لپلپی ہو گئی تھی۔ اک دم بھی نظر آرہی تھی جو تیزی سے ہل رہی تھی۔ ا س بھیانک روپ کو دیکھ کر وہ سب چپ ہو گئے۔

پھر اس سیاہ فام چیلے نے اپنا عکس دیکھا۔ ایک بڑا سیاہ ناگ پھنکارتا نظر آیا۔ سفید رنگ اور لمبی گردن والی چیلی نے خود کو دیکھا تو بلی اور خرگوش کی ملی جلی تصویر

بنی۔ عینک والا کاہل چیلا اس برتن میں ایک چنپینزی دکھائی دینے لگا چپٹی ناک والا برتن کے قریب آیا تو اس کا عکس دیکھ کر وہ سب کانپ گئے۔ خطرناک بلڈاک جیسا چہرہ سور جیسی تھوتنی!!

ماں جو گیشوری بھی سب کے اصرار پر اپنا عکس دیکھنے پر راضی ہو گئیں۔ مقدس جل پر ایک چالاک لومڑی کا عکس بنا۔ ماں جو گیشوری کھسیانی ہو گئیں۔ اور وہ سب کو بے تحاشہ گالیاں دینے لگیں۔ یہی ان کے اصل روپ تھے تو پھر بہت گھناؤنے تھے۔

وہ ایک مسلسل عذاب میں مبتلا ہو گئے۔ وہ اپنے اصلی چہرے بھول گئے تھے۔ برتن کے عکس ان کے ذہنوں پر نقش ہو گئے تھے۔ اب وہ سوچ رہے تھے کہ کاش وہ اس کا مطالبہ نہ کرتے پھر ان سب کے ذہنوں میں ان ہی سوال ڈنک مارنے لگا اس پوِتر جل میں گرودیو کیسے نظر آتے ہوں گے؟ وہ سب ایک دن جمع ہو گئے اور اپنی خواہش کا انھوں نے گرودیو سے اظہار کیا۔ گرودیو مسکرائے۔

انھوں نے پوتر جل کا برتن پھر ان کے درمیان رکھ دیا۔ اور کہا ایک ایک کر کے اس برتن میں جھانکو۔ سب نے ان کا روپ دیکھ لیا۔ کسی میں ہمت نہیں تھی کہ اس کا روپ بیان کرے۔ انھوں نے پوچھا بھی نہیں۔ وہ سب کٹیا کے باہر آ گئے اور ایک دوسرے سے گرودیو کا روپ پوچھنے لگے۔

"مجھے دھواں ہی نظر آیا" بندر نے کہا

"اتنی روشنی تھی کہ میری آنکھیں چندھیا گئیں۔ لنگڑے نے کہا

"مجھے ایک پر سکون دریا نظر آیا"۔ بلّی نے کہا

"میرے پاس ایسے شبد نہیں کہ میں گرودیو کا روپ بیان کر سکوں"

لپلپی زبان والے نے کہا

"فائدہ ہی فائدہ۔" بلڈ اگ اور سوّر کا امتزاج بڑبڑایا

"اور تمھیں" سب نے ایک زبان ہو کر ناگ سے پوچھا۔ ناگ وہاں موجود نہ تھا۔ پتہ نہیں وہ کب وہاں سے کھسک گیا تھا ان میں سراسمیگی پھی گئی۔

اس ناگ کو وہ سپیرا کسی جنگل سے اٹھالایا تھا۔ سپیرے نے اس ناگ کو آشرم میں چھوڑا اور خود کہیں چلا گیا۔ یہ ناگ کوئی خاص نسل کا بھی نہیں تھا نہ اس کی کھال چمکدار تھی۔ گرودیو کی دیکھ بھال اور توجہ نے اس کی آنکھوں میں بے پناہ چمک پیدا کر دی تھی اور پہلے سے خوب صورت ہو گیا تھا۔

ساری مصیبت ان کے اصلی چہروں کی وجہ سے ہوئی تھی۔ وہ اپنے آپ کو بھول گئے تھے اور یہیں سے آشرم میں ایک زیریں طوفان آیا تھا۔

سب سے پہلے ماں جوگیشوری نے کٹیا میں آنا بند کر دیا۔ کیوں؟ یہ کوئی نہیں جانتا تھا کسی نے کہا کہ سیاہ ناگ نے اسے ڈس لیا۔ کوئی کہتا تھا بندر نے کھسوٹ دیا۔ کوئی اسے لپلپی زبان والے کا کارنامہ سمجھتے تھے۔ حقیقت کا علم کسی کو نہ تھا اور نہ گرودیو نے کبھی حقیقت بتائی وہ یہ کہتے رہے۔ "دیکھو ہم سب منش ہیں۔ تم بھی اور میں بھی ہو سکتا ہے کوئی بھول ہو گئی ہو۔ فیصلہ تو ایشور ہی کرے گا نا؟"

ماں جوگیشوری اب کٹیا میں نہیں آتی تھیں۔ آشرم میں آتیں تو سیدھے بڑے گرودیو مہاراج سے مل کر چلی جاتیں۔ ماں جوگیشوری کے اس طرح چلے جانے کا غم بہت دن تک گرودیو کرتے رہے۔ ان دنوں وہ احمق سی چیلی گرودیو کی دلجوئی کرتی

رہی اس نے گرودیو کی جی جان سے خدمت شروع کر دی دیکھتے ہی دیکھتے اس نے وہی استھان حاصل کر کیا جو ماں جوگیشوری کا تھا۔ لیکن کوئی چیلا اسے ماں نہیں کہتا تھا۔ کیوں کہ اس کی اور گرودیو کی عمر میں کافی فرق تھا۔ ہاں گرودیو کی قربت نے اس چیلی کی اہمیت بڑھادی تھی۔

پھر ایک واقعہ ہوا۔ پرانے مندر کی مہربان پچارن ماں آشرم آئیں۔ وہ سب ماں کے ارد گرد جمع ہو گئے کیوں کہ ماں کے ہاتھوں میں روٹیاں تھیں۔ ماں نے بندر کے آگے روٹی ڈالی۔ اور گلے میں زنجیر ڈال کر پرانے مندر لے گئیں، بندر مچلنے لگا تو گرودیو نے کہا" جا اب تجھے وہیں سے روٹیاں ملیں گی پجارن ماں بندر کو پرانے مندر میں بٹھا کر تیر تھ استھانوں کو چلی گئیں۔ ان کی جگہ جس پجارن نے پرانے مندر کو سنبھالا وہ بھی بندر پر بہت مہربان تھیں۔ سارا دن بندر کا خیال رکھتیں۔ اور جب ماں اپنی کٹیا چلی جاتیں تو بندر قلانچیں بھرتا ہوا آشرم آجاتا اور گرودیو کے قدموں پر لوٹنے لگتا گرودیو اسے پچکارتے۔ بندر پرانے مندر کے باسیوں کی نقلیں اُتارتا۔ گرودیو خوب ہنستے اسے کندھے پر بٹھالیتے۔ ایسے میں وہ بلّی جیسی چیلی اٹھتی اور بندر کو پنجے مارنے لگتی بندر اسے سارے کمرے میں نچاتا پھرتا۔ گرودیو ان کی لڑائی سے خوب لطف لیتے، لڑائی ختم ہو جاتی تو بلی اپنے مالک گرودیو کے جسم سے اپنا بدن رگڑنے لگتی۔ اور مونچھیں صاف کرتی۔ بلّی اور بندر کی خوب نبھنے لگی۔ کبھی کبھی وہاں ناگ بھی آجاتا۔ گرودیو کی خواہش تھی کہ بندر اور ناگ ساتھ ساتھ رہیں۔ مداری کا تماشا اسی وقت کامیاب ہوتا ہے جب ڈگڈگی پر بندر ناچے اور بین پر ناگ جھومے اور شاید ایسا ہی ہوتا لیکن۔ پھر ایک اور واقعہ ہوا۔ بڑے گرودیو مہاراج نے ایک

عجیب سا مشروب تیار کیا اور اسے دو پیالوں میں رکھ دیا۔ اور کہا کہ جو اس مشروب کو پی جائے گا وہ اسی آشرم کا ہو رہے گا۔ لپلپی زبان والے نے تلوے چاٹنے کا عمل تیز کر دیا۔ گرودیو جانتے تھے کہ لپلپی زبان والا کسی طرح اس پیالے کا مشروب پی جائے گا۔ البتہ ناک کی زبان بہت چھوٹی ہے۔ اس کے ہاتھ ہیں نہ تلوے۔ ہاں بندر اس مشروب کو منٹوں میں ختم کر سکتا ہے لیکن وہ چاہتے تھے کہ سیاہ ناگ اس مشروب کو کسی طرح پی لے اور جب پیالے رکھے گئے تو ایک پیالہ لپلپی زبان والے نے حاصل کر لیا۔ گرودیو مہاراج نے بندر کی دم کھینچی اور اسے کندھے پر بٹھا کر کہا کہ تمھارا پیٹ پہلے سے بھرا ہوا ہے اب یہ مشروب پیو گے تو سب کچھ اگلنا پڑے گا۔ ادھر بیٹھے بیٹھے تماشا دیکھو بہت آنند ملے گا۔ سیاہ ناگ نے اس مشروب کو چٹ کر ڈالا۔ وہ لنگڑا عجیب الخلقت چیلا یہ منظر دیکھ کر پاگل ہو گیا۔ وہ آشرم کی دیواروں سے سر ٹکرا ٹکرا کر بہت ہی خوفناک آواز میں رونے لگا تھا۔ اس روز گرودیو کے کندھے سے بندر اُترا تو بس اُتر ہی گیا۔ گرودیو نے پھر کبھی اسے کندھے پر بیٹھنے نہیں دیا۔ بندر کو پہلی بار احساس ہوا کہ وہ ایک ایسے مداری کے پاس ہے جہاں سانپ تماشے کے آخر میں پٹاری سے نکلتا ہے اور چند لمحوں کے لیے زمین پر جھومتا ہے۔ سارے کرتب اور نقلیں بندر کو دکھانی پڑتی ہیں۔ بندر کی اچھل کود سے وہ خوش تو ہوتے ہیں لیکن احترام ناگ کا کرتے ہیں۔

ایک روز بندر پرانے مندر سے آشرم آیا تو بھگوان کی کٹیا خالی پڑی تھی وہ پورنیما کا دن تھا۔ کٹیا میں بلّی تنہا بیٹھی اپنے بال چاٹ رہی تھی۔ اس نے بتایا کہ گرودیو کالے ناگ کے ساتھ ندی کے بیچوں بیچ تپسیا کر رہے ہیں۔

بندر گرو دیو کی نقل میں ان کے آسن پر جا بیٹھا۔ اس نے گرو دیو کے لہجے میں بلّی سے کہا۔

"سرشٹی کی حقیقت یہ ہے کہ اس کی کوئی حقیقت نہیں ہے۔"

"شریر ایک مایا جال ہے۔ اصل شئے آتما ہے۔ اس مایا جال میں کبھی نہ پھنسنا، رشیو ں منیوں کی تپسیا بھنگ کرنے کے لیے راکششوں نے یہ جال بنایا ہے۔ اس لیے شریر کی طرف سے آنکھیں بند کر لو۔ آتما میں جھانکو ساری آتمائیں ایک جیسی ہوتی ہیں۔"

بندر کو محسوس ہوا جیسے بلّی اس کے سینے پر آ بیٹھی ہے "کیا بات ہے تمہاری سمسیا کیا ہے" اس نے بلّی کے سر پر ہاتھ پھیرتے ہوئے کہا بلّی نے کچھ نہیں کہا۔ لیکن بندر نے محسوس کیا وہاں بلّی کے نرم نرم بال نہیں بلکہ ایک عورت کا جسم ہے اس نے خود کو سمجھایا کہ وہ ایک معصوم بلّی ہے۔ کوئی لڑکی نہیں ہے۔ لیکن ہاتھوں کا لمس اسے صاف جھٹلا رہا تھا۔ وہ ایک بھرپور عورت کا بدن تھا اس کی انگلیاں اس پیچ و خم کو محسوس کر رہی تھیں۔ جگہ جگہ کٹاو، ابھار، نشیب و فراز بند پلکوں کے پیچھے سے آنکھیں کھسک کر انگلیوں میں سما گئی تھیں اس عورت کے جسم کے سارے دریچے، ساری کھڑکیاں کھلتی جا رہی تھیں وہ ایک کھڑکی بند کرتا تو دوسری کھڑکی کھل جاتی۔

یہ مقدس گرو دیو کا پوتر آسن ہے۔ شریر ایک دلدل ہے۔ وہ اس دلدل میں اُترتا جا رہا ہے۔ اس مایا جال سے وہ کیسے نکلے؟ فرار کا ایک ہی راستہ تھا اسے یاد آیا کہ وہ جب ان کے اصلی روپ دیکھے گا تو شریر کا جال خود ہی ٹوٹ جائے گا۔ اور اسے مکتی مل جائے گی۔ اس سنکٹ سے نکلنے کا یہی ایک راستہ ہے۔

اس نے آنکھیں پھر سے واپس لگالیں۔ مقدس پانی میں عکس دیکھا۔ لیکن وہاں

تو آگ لگی ہوئی تھی۔ اور اس آگ میں ستری اور پرش کے ایسے شریر نظر آرہے تھے جیسے انھوں نے پہلی بار دھرتی پر قدم رکھا ہو۔ وہ گھبرا گیا۔

"تمھیں اس برتن میں کیا نظر آرہا ہے" اس نے استری سے پوچھا۔

"آگ اور جلتے ہوئے دو شریر" ستری نے کہا

"تمھیں بھی....."

اس نے بوکھلا کر پوچھا

"تم نے یہ منظر پہلے کبھی دیکھا؟"

"نہیں"

"پھر کیا دیکھتی رہیں اس برتن میں؟"

"مرگ ترشنا۔ عورت نے کہا

"پھر کیا گرودیو کے استھان سے دیکھنے پر منظر بدل جاتا ہے؟" اس نے سوچا

"نہیں" یہ برتن جھوٹا ہے۔ اس نے برتن اٹھایا اور فرش پر چھوڑ دیا۔

سارے کمرے میں آگ اور دھواں پھیل گیا۔

تیسرے دن وہ کٹیا پہنچا تو گرودیو نے پوچھا

"یہ برتن تم نے توڑا؟"

"ہاں گرودیو"

"کیوں؟" اس نے پورا قصہ کہہ سنایا۔

گرودیو گہری سوچ میں پڑ گئے۔ "وہ تو کچھ اور ہی کہتی ہے"

"گرودیو میرا لباس ایسا بھی نہیں تھا کہ جس کا دامن بہت بڑا ہوتا اور آپ کو

بتاتا کہ میرا دامن سامنے سے نہیں پیچھے سے پھٹا ہے"

"ہوں۔ گرودیو گہری سوچ میں کھو گئے کئی لمحوں بعد انھوں نے کہا"تم نے دو غلطیاں کیں۔ ایک ہمارے آسن پر جا بیٹھے۔ دوسرے وہاں سے برتن میں خود کو دیکھنے کی کوشش کی"

"میں کیا کرتا گرودیو" کیسے اس مایا جال کو توڑتا؟"

"اسے معصوم بچی کی طرح تھپک تھپک کر سلا دیتے"

"میں نے کوشش کی گرودیو لیکن میری انگلیاں اس جھوٹ کے لیے تیار نہیں ہوئیں کیوں کہ میری آنکھیں انگلیوں کے پوروں میں منتقل ہو گئی تھیں"

"ہماری ساری شکشا بے کار گئی۔ تم نے ایسا کیوں کیا؟"

"ویسا کچھ بھی نہیں ہوا گرودیو۔ میں اس دلدل سے نکل آیا۔ اس کے بعد بھی گرودیو مجھ سے کوئی غلطی ہوئی ہے تو میں ایک سادھارن منش، ہوں اور بھول منش سے ہی ہوتی ہے۔"

"بھول کی سزا ملے گی تمھیں۔"

"لیکن گرودیو سزا دینا تو ایشور کا کام ہے اور۔

"خاموش رہو" گرودیو دھاڑا۔ ہمیں کیا سمجھتے ہو تم؟ پرماتما کا روپ ہیں کیا تم نہیں جانتے کہ بھگوان ایک خزانہ تھا۔ اس نے

چاہا کہ پہچانا جائے پس اس نے جگ کو بسایا۔ ادھر دیکھو ہمارے گلے میں کیا ہے؟ گرودیو نے پوچھا۔

چیلے نے دیکھا گرودیو کے گلے میں سیاہ رنگ کا ناگ پھن کاڑھے بیٹھا ہے۔

تم نے کسی منش کے گلے میں اسے جھومتے دیکھا؟ نہیں نا"

"اسے ہم نے بنایا تا کہ ہمیں پہچانا جائے۔ اس نے ہمیں پہچان لیا۔ اب ہم سویم بھگوان ہیں۔ ہمیں پرنام کرو۔ ہماری دی ہوئی سزا قبول کرو۔ اپنے پاپوں کا پرایشچت کرو۔ جب تک ایسا نہیں کروگے اس سورگ کے دروازے تم پر بند رہیں گے"۔

لیکن گرودیو سزا تو اسے بھی ملنی چاہیے"

"نہیں ایشور نے ستری اور پرش کو ساتھ ساتھ سزا کاٹنے کے لیے دھرتی پر بھیجا تھا۔ جانتے ہو اس کا نتیجہ کیا نکلا۔ وہ سورگ کو بھول گئے۔ اور اسی غلطی کے سہارے انھوں نے پورا سنسار بسا لیا اب ایسا نہیں ہوگا صرف ستری سورگ میں ہوگی اور پرش کو سورگ چھوڑنا پڑے گا۔ اپنا ماتھا ٹیکو۔ ہاتھ جوڑو ہمیں پرنام کرو۔ اور سزا کاٹنے چل پڑو۔" گرودیو نے کہا۔

اس نے گھٹنے نہیں ٹیکے۔ ماتھا نہیں جھکایا۔ پرنام کرنے کو ہاتھ نہیں جوڑے۔ اس نے گرودیو کی طرف دیکھا۔ ان کے گلے میں جھومتے سانپ کی طرف دیکھا۔ فرش پر ٹوٹے ہوئے برتن کو دیکھا، چپ چاپ اس کٹیا سے چلا آیا جو اس بھگوان کا سورگ تھی۔ اب اس کے جسم پر کسی خول کا بوجھ نہیں تھا۔ وہ ایک معمولی سا منش تھا۔ سیدھا سادا ہلکا پھلکا۔ وہ جنگل میں دوڑتا چلا گیا۔

***

۴

کھائی

برف کی سلیوں کے درمیان شوکت میاں کی نعش رکھی تھی۔ پنکھا تیزی سے چل رہا تھا۔ برف کے گھلنے سے پانی کی بوندیں فرش پر گر رہی تھیں۔

قرآن کی تلاوت کرتے کرتے کفایت علی نے اپنے باپ کی نعش کی طرف دیکھا وہ فیصلہ نہیں کر سکا کہ اسے اپنے باپ کے مرنے کا افسوس ہے بھی یا نہیں۔ اتنا ضرور ہے کہ وہ ایک طرح کی آزادی محسوس کر رہا تھا جیسے قید سے رہائی ملی ہو۔ اس شخص کی موجودگی میں اسے اپنا وجود نظر ہی نہیں آتا تھا۔ اس شخص نے کبھی اس کی مرضی چلنے نہیں دی تھی۔ کبھی اس کی تعریف نہیں کی تھی۔ ہمیشہ اس کی طرف حقارت ہی سے دیکھتا تھا۔ اس شخص کی موجودگی میں وہ احساس کمتری میں مبتلا ہو جاتا تھا۔ اسے ایک طرح کا سکون محسوس ہونے لگا۔ چلو ایک باب ختم ہو گیا۔ اب اپنے بیٹے کے پیار اور عزت کا مستحق وہی ہے۔

برف کی بوندیں فرش پر ٹپکتی رہیں۔ فرش پر اچھا خاصہ پانی جمع ہو کر بہنے لگا تھا۔ "کیا مزید برف کی ضرورت پڑے گی؟" کسی نے کفایت علی سے پوچھا۔

"نہیں یہی کافی ہو جائے گی"۔ پہلی بار کفایت علی کو اپنے لہجے میں خود اعتمادی

اور قطعیت کا احساس ہوا۔ اس میں تعجب کی بات بھی کیا ہے۔ شوکت میاں کے بعد اب خاندان کا سربراہ وہی ہے۔ اب گھر کے سارے فیصلے اسے ہی کرنے ہیں۔

کفایت علی کو اپنے بیٹے کا انتظار تھا۔ فون پر جب اسے شوکت میاں کے انتقال کی اطلاع دی گئی تو اس نے کہا تھا کہ وہ آرہا ہے۔ اس کے آنے تک تدفین نہ کی جائے۔ دنیا کتنی سمٹ گئی ہے چند گھنٹوں میں اس کا بیٹا ہزاروں میل کا سفر طے کر کے آجائے گا۔ فون، فیکس، تیز رفتار ہوائی جہاز چند برسوں میں کتنا کچھ بدل گیا ہے۔ تب نعش کے دونوں جانب برف کی سلیں رکھ دی گئی تھیں۔

شوکت میاں کی نعش کے پاس راجئیا چپ چاپ بیٹھا تھا جیسے وہ روزانہ بیٹھا رہتا تھا۔ اکثر شوکت میاں کی آنکھ لگ جاتی وہ پیروں کے پاس ہی بیٹھا رہتا۔ راجئیا چپکے چپکے رونے لگا۔ عجب آدمی ہے۔ شوکت میاں کا پرانا خدمت گزار دنیا بدل گئی لیکن راجئیا نے ساتھ نہیں چھوڑا۔ ریزرویشن کوٹے میں ڈاکٹری پڑھ کر اس کا بیٹا ڈاکٹر ہو گیا تھا۔ شہر کے مشہور ہسپتال میں ملازمت بھی کر رہا تھا۔ وہی شوکت میاں کا بلڈ پریشر اور شوگر چیک کیا کرتا تھا۔ لیکن راجئیا کو شوکت میاں کے قدموں میں ہی سکون ملتا تھا۔ اور راجئیا کی وجہ سے ہی شوکت میاں اب تک خود کو جاگیر دار سمجھتے تھے۔ ورنہ اس دور کا کوئی نشان بھی باقی نہیں تھا۔ راجئیا کے آتے ہی وہ اس کے ساتھ ایک الگ ہی دنیا میں چلے جاتے۔ وہ دنیا جو اُنھوں نے راجئیا کے ساتھ مل کر بنائی تھی۔ دونوں اتنی دور نکل جاتے کہ حال ان کی آنکھوں سے اوجھل ہو جاتا۔ پوری بساط اُلٹ گئی تھی۔ سب کچھ چھن گیا تھا۔ کتنی قیامتیں ٹوٹ پڑیں تھیں۔ کتنی خون ریزیاں ہوئی تھیں۔ کتنے لوگ اپنی زمینیں چھوڑ کر بھاگ گئے تھے لیکن

شوکت میاں وہیں تھیں۔ اُنھوں نے اپنی ایک دنیا تخلیق کرلی تھی۔ اس سے باہر نکلنا نہیں چاہتے تھے۔ نہ راجئیا کو پتہ تھا کہ اس کا بیٹا کتنی مصیبتیں جھیل کر ڈاکٹر بنا۔ نہ شوکت میاں جانتے تھے کہ کتنی دقتوں سے اس نے میٹرک پاس کیا۔ کیسے اس نے راتوں میں جاگ جاگ کر اسٹڈی کی۔ دوستوں کے پاس گھوم گھوم کر نوٹس جمع کئے۔ یکسوئی کے لئے مسجد میں بیٹھ کر پڑھا کیا۔ تیسرے درجے میں ہی سہی۔ فیل تو نہیں ہوا تھا۔ ماں نے کہا تھا کہ وہ اپنے باپ کو خوش خبری سنائے۔ شوکت میاں راجئیا کے ساتھ ماضی کی دنیا میں بھٹک رہے تھے۔ کفایت علی دور کھڑا رہا۔

"کیا ہے؟" بہت دیر بعد شوکت میاں نے پوچھا

"جی میں میٹرک پاس ہو گیا"۔ اس نے رُک رُک کر کہا۔

"شاباش۔ جیتے رہو"۔ شوکت میاں نے کہا اور پھر باتوں میں مصروف ہو گئے۔ وہ سر جھکائے لوٹ آیا۔ کفایت علی کو اپنے باپ سے سخت نفرت ہوئی۔ کبھی اُنھوں نے اس کی تعلیم کی طرف توجہ نہیں کی۔ اس نے اپنی محنت سے کامیابی حاصل کی تو وہ خوش بھی نہیں ہوئے۔ پھر وہ کالج نہیں گیا۔ گھر کے حالات خراب تھے۔ کوئی ذریعہ آمدنی ہی نہ تھا۔ شوکت میاں اپنی کسی عادت کو چھوڑنا نہیں چاہتے تھے۔ پورا گھر اپنی ضرورتیں کاٹ کر ان کی خواہشوں کو احترام کرتا، ناشتے پر بیٹھتے تو اس کی ماں اس عمدگی سے روٹیاں ڈالتی تھیں کہ ایک روٹی ختم ہوئی کہ دوسری گرم روٹی موجود! شوکت میاں کو عمدہ گیہوں کی روٹیاں، خوشبو والے لمبے لمبے چاول، اصلی گھی، شہد، دودھ، زعفران واصلی مصالحے، خشک میوے چاہئے تھے۔ وہ کم کھاتے مگر عمدہ کھاتے۔ صرف ان کے لئے اہتمام ہوتا۔ باقی افراد تو راشن کے

گیہوں اور اوسط قسم کے چاول کھاتے تھے۔ کتنا خود غرض انسان تھا اس کا باپ!

اس نے ٹائپنگ سیکھی۔ ملازمت کرلی۔ کلرک ہوگیا۔ شوکت نواب خوش نہیں ہوئے۔

"اہلکاری کرے گا اُنھوں نے اپنی بیوی سے پوچھا"۔

"پھر کیا کرے گا۔ گلے گلے تک قرض میں ڈوبے ہوئے ہیں۔ گھر کیسے چلے گا"۔

"جیسے اب تک چلتا آیا ہے۔ اس نے رزق دینے کا وعدہ کیا ہے"۔ شوکت میاں نے کہا

شوکت میاں نے اس کی شادی میں بھی دلچسپی نہیں لی۔ اس کی شادی بھی کیا ہوئی۔ نہ شادی خانے تھے نہ سجاوٹیں۔ گھر کے سامنے شامیانہ لگایا گیا۔ شطرنجیوں پر چاندنی کا فرش۔ سرخ رنگ کا لمبا دستر خوان۔ صبح تا نصف النہار کھانے کا انتظام، صبح نکاح ہوا اور آدھی رات کو رخصتی ہوئی۔ سارا دن دلہن والوں کے گھر پر گزارا۔ صبح پہنے ہوئے پھول مرجھا گئے۔ ہاں اس کی بیوی خوبصورت تھی اور میٹرک پاس بھی۔ سہاگ رات میں اس نے انگریزی میں بات کی تھی اور اس کی بیوی نے انگریزی ہی میں جواب دیا تھا۔ شوکت میاں کو بھی بہو پسند آئی۔

بیوی کے آجانے کے بعد کفایت علی کی زندگی میں باقاعدگی آگئی۔ شادی کا قرض بھی ادا ہوا۔ گھر میں کچھ سامان آگیا۔ بس سے دھکے کھاتے ہوئے آفس جانے کے بجائے ایک سیکل بھی خریدنے کا پلان بنا۔ اس کی بیوی نے اسے اتنے پیسے دیئے تھے کہ وہ سب سے اچھی کمپنی کی سیکل خرید سکتا تھا۔ لیکن اس نے سب سے سستی

سیکل خریدی۔ سائیکلیں سب ایک جیسی ہوتی ہیں۔ اس سے ریڈیو منگوایا گیا۔ وہ سب سے غیر معروف کمپنی کا ریڈیو لے آیا اور ثابت کرنے لگا کہ یہ سب سے اچھا ریڈیو ہے۔ ماں اور بیوی تو خاموش ہو گئیں لیکن شوکت میاں نے برا سا منہ بنا کر کہا تھا۔

"اہلکارانہ ذہنیت"

"کیا پیسے کی قدر کرنا اہلکارانہ ذہنیت ہے؟" کفایت علی نے سوچا۔ وہ خود سمجھ نہیں پایا تھا کہ کوئی اچھی چیز خریدنے کو اس کا جی کیوں نہیں چاہتا۔ کوئی اندر سے روک کیوں لیتا ہے وہ سب سے سستی بلیڈ استعمال کرتا تھا۔ کبھی اس نے صابن کی پوری ٹکیہ ہاتھ میں لے کر نہیں ملی تھی۔ وہ اپنے ہاتھوں پر صابن لگا کر بدن پر ملتا تھا اور نہاتا تھا۔

اگر وہ سب کچھ نہ کرے تو گھر کیسے چلے؟ شوکت میاں نہ خود کچھ کرتے ہیں نہ اس بات کا اندازہ ہے کہ دنیا کس رفتار سے تبدیل ہو رہی ہے۔ اپنی مخصوص دنیا میں مگن ہمیشہ اس کی طرف حقارت سے ہی دیکھا کرتے ہیں۔ ان کی اس دنیا کے لئے بھی اسی کا پیسہ خرچ ہوتا ہے۔

برف کی پوری ایک سل گھل گئی تھی۔ اس کی جگہ ایک دوسری سل رکھ دی گئی تھی۔ کفایت علی کی بیوی نے بتایا بیٹے کا فون آیا ہے وہ آرہا ہے۔

"بیٹا"

شہزادہ عرفیت تھی۔ اسی نام سے سب بلاتے تھے۔ رونق علی نام رکھا گیا تھا۔ شوکت میاں اسے شہزادہ کہتے تھے۔ شہزادہ تھا بھی بالکل شہزادوں جیسا۔ کفایت علی

نے شہزادے کو سب سے اچھے اسکول میں داخل کیا۔ اس کی زندگی میں جو محرومیاں ہیں کم سے کم شہزادے کی زندگی میں نہ ہوں۔ ڈونیشن کے لئے راجئیا کام آیا۔

شہزادہ جب ایکشن کے ساتھ نرسری رائمس سناتا تو شوکت نواب کھل اُٹھتے۔ وہ دن بھر تتلا تتلا کر اسکول کے قصے سنایا کرتا۔

شہزادے کے اسکول کی فیس۔ اسکول بس کا کرایہ۔ خرچ بڑھ گیا تھا۔ ہائی اسکول تک تو شہزادہ اچھا رینک لاتا رہا۔ لیکن پھر پتہ نہیں کیا ہوا کہ وہ کئی مضامین میں فیل ہونے لگا۔ ٹیوشن رکھا گیا۔ کفایت علی پر مزید بوجھ بڑھ گیا۔ لیکن شہزادے کو اِن کی کوئی پرواہ نہیں تھی۔ پھر شہزادہ میٹرک میں فیل ہوگیا تو کفایت علی کے پیر تلے سے زمین نکل گئی۔ سارے خواب ٹوٹتے نظر آئے۔ لیکن شوکت میاں کو کوئی افسوس تھا اور نہ شہزادے کو۔ جیسے کچھ ہوا ہی نہیں۔ ایک سلسلہ چل پڑا۔ کتنی بار شہزادہ فیل ہوا۔ کتنی بار کفایت علی نے فیس بھری یاد بھی نہ تھا۔ شہزادہ نکما ہوگیا تھا اور خود سر بھی۔ گیارہ بجے دن تک سوتا رہتا۔ ناشتہ کرنا اور گھر سے نکل جانا۔ شام میں واپسی ہوتی کھانے کے بعد پھر چلا جاتا تو رات کے گیارہ بارہ بجے لوٹتا جبکہ کفایت علی سوچکا ہوتا۔

کئی کئی دن تک اس کی شہزادے سے ملاقات نہیں ہوتی تھی۔ ایک بار جب اس نے شہزادے کو خوب ڈانٹا تو اس نے نہایت سنجیدگی سے کہا۔ "بابا اس ملک میں دو ہی قسم کے لوگ پڑھ سکتے ہیں ایک وہ جو غیر معمولی صلاحیت رکھتے ہوں اور دوسرے وہ جن کا تعلق پچھڑے طبقات سے ہو"۔

لیکن ایک انہونی ہوئی ایک دن اس کی بیوی نے اسے بتایا کہ شہزادہ سعودی عرب جارہا ہے۔ پاسپورٹ، ویزا اور ٹکٹ سب انتظام ہو چکا ہے۔ کفایت علی کو کسی نے بتایا ہی نہیں یہ سب کیسے ہوا۔ اسے دھکا لگا۔ اس کا اکلوتا لڑکا ہزاروں میل دور جائے گا۔ پھر اس کی بگڑی ہوئی عادتیں؟ وہ سوچتا رہا۔ لیکن شہزادہ چلا گیا۔ محلے کے کچھ نکمّے لڑکے بھی چلے گئے تھے۔ اس کا گھر ہی نہیں محلہ بھی سونا ہو گیا۔ شوکت میاں پھر سے راجئیا کے ساتھ ماضی کی دنیا میں واپس چلے گئے۔

شہزادے کو جیسے کوئی خزانہ مل گیا تھا۔ وہ ہزاروں روپے گھر بھیجنے لگا۔ ہر آنے والے کے ساتھ کپڑے، روزآنہ استعمال کی چیزیں، ڈرائی فروٹس الگ سے بھیجتا۔ گھر میں ضرورت کی ہر چیز اعلیٰ درجے کی آگئی۔ دو چار برس میں کایا پلٹ ہوگئی۔

شوکت میاں کے اندر کا جاگیر دار بھی انگڑائی لے کر جاگا۔ ان کا ماضی حال میں آگیا تھا۔ لیکن کفایت علی حیران رہ گیا۔ سخت جدوجہد، ایمانداری اور محنت کے صلے میں اسے کلرکی ہاتھ آئی۔ اور شہزادہ ایک نکما لڑکا۔ پیسے کی مشین بنا ہوا ہے۔ اس کے باپ نے بھی جی بھر کے عیش کیا تھا اور اب بیٹا کر رہا ہے وہ ہی ایک ایسے دور میں پیدا ہوا جہاں کچھ نہ تھا پیسہ کمانے کے مواقع نہ الیکٹرانک گوڈس نہ قسم قسم کے کپڑے۔ نہ طرح طرح کے چاکلیٹس نہ بسکٹیں، نہ پچاسوں قسم کی آئسکریم نہ پیزّا نہ برگر، نہ فاسٹ فوڈ کی دکانیں، ہوٹل میں بیٹھنا اور بازار میں کھانا ہلکے پن کی نشانی تھے لیکن اب بازار میں کھڑے کھڑے کھانا ہی فیشن تھا۔ چند برسوں میں ایک بھونچال سا آگیا تھا۔ اس کی قسمت میں تو تجنا اور ترسنا ہی لکھا تھا۔

شوکت میاں نے شہزادے کی شادی مشائخ گھرانے میں طے کی۔ جاگیرداروں

اور نوابوں کے اجڑنے کے بعد اب یہی مشائخین کے گھرانے دولت کے نئے مراکز تھے۔ جن کے اجداد نے سوکھی روٹیوں پر زندگی گزاری تھی ان کی اولاد کروڑوں میں کھیل رہی ہے۔ شوکت میاں اپنا دور لے آئے۔ اُنھوں نے بھی جی بھر کے آرزو نکالی۔ شادی خانے کی سجاوٹ ایسی کہ لوگ دیکھتے رہ گئے۔ پورے لوازات اور مغزیات کے ساتھ پکوان ہوئے۔ لوگ اُنگلیاں چاٹتے رہ گئے۔ شہزادہ سچ مچ شہزادہ لگ رہا تھا اور شوکت میاں تو تھے ہی خاندانی جاگیر دار۔ سب نے انھیں ہی مبارکباد دی وہ دونوں کے درمیان سے کہیں غائب ہو گیا تھا۔ کسی نے اس پر توجہ ہی نہیں کی صرف اس کے دوستوں نے اسے مبارکباد دی۔

اصل میں شہزادے نے کفایت علی کو بھی پیسہ بھیجا تھا کہ وہ اپنے لئے ایک اچھی شیروانی اور سوٹ بنوالے۔ شیروانی اس نے بنوالی لیکن بہت مہنگی نہیں۔ سوٹ اس نے نہیں بنوایا۔ کس کام آئے گا کبھی پہننے کا موقع نہیں ملتا۔ اس نے سفاری سلوائی۔ شوکت میاں اور شہزادہ دونوں نے اسے حقارت سے دیکھا تھا۔

"اہلکارانہ ذہنیت" شوکت میاں بڑبڑائے تھے۔

شہزادہ کافی مقروض ہو گیا تھا لیکن اسے ذرا بھی غم نہیں تھا۔ مائی گرینڈ پا از رئیلی گریٹ! دلہن بھی جیسے کانچ کی بنی نازک اور خوب صورت۔ شہزادہ بے حد خوش تھا۔ شادی کے بعد ہفتہ بھر کا ہنی مون۔ ہوائی جہاز کا سفر، اوٹی۔ پانچ ستارہ ہوٹل۔ شہزادہ آندھی کی طرح آیا تھا۔ گھر پر کرایہ کی موٹر ایک ڈرائیور کے ساتھ آگئی۔ ایک ڈبل ڈور فریج آگیا۔ چھوٹے فریج میں صرف کولڈ ڈرنکس اور منیرل واٹر کی بوتلیں بھری رہتیں۔ ہر تھوڑی بعد کول ڈرنک چاہیئے۔ شہزادہ جتنی بوتلیں

دن بھر پی جاتا اتنی کفایت علی نے پوری عمر میں نہیں پی تھی۔ گھر میں صاف ستھرا پانی تو تھا ہی پھر یہ بوتلیں؟ اس کی کچھ سمجھ میں نہیں آ رہا تھا کہ گھر میں کیا ہو رہا ہے۔ وہ خاموش تماشائی بنا رہا۔ شہزادہ شوکت میاں کے پاس بیٹھ کر عرب ممالک کے قصے سناتا تو انھیں محسوس ہوتا جیسے قرون وسطیٰ کا دور واپس آ گیا ہے۔ ان کے پوتے نے ان کے ماضی کو حال سے جوڑ دیا تھا۔ شہزادے نے کہا کہ وہ انھیں حج کرائے گا۔ شوکت میاں کو فریضۂ حج کی ادائیگی سے زیادہ اِن افسانوی شہروں کو دیکھنے کا شوق تھا۔

شہزادہ لوٹ گیا۔ اس کی بیوی میکے چلی گئی۔ گھر پہلے جیسی حالت میں لوٹ آیا۔ شوکت میاں چپ سے رہنے لگے تھے۔ صرف راجئیا سے کچھ باتیں کر لیتے۔

کل صبح اُنھوں نے دل میں درد کی شکایت کی اور دواخانہ لے جانے تک راستے ہی میں ان کا انتقال ہو گیا۔

کفایت علی نے قرآن کو بند کیا اور آنکھوں سے لگا کر رحل پر رکھا وہ ایک لفظ بھی نہیں پڑھ سکا تھا۔ برف کی ایک سل گھل گئی تھی۔ اس نے دوسری سل رکھوا دی۔

شہزادہ آ گیا اور اپنی بیوی سے مل کر رو رہا تھا۔ شہزادے کے ساتھ اس کے خسر، شہر کی مشہور درگاہ کے سجادہ نشین بھی تھے۔ وہ خسر کے شانے پر سر ٹکا کر رونے لگا۔ وہ آہستہ آہستہ اس کی پیٹھ تھپتھپا کر صبر کی تلقین کرنے لگے۔ وہ وہیں کھڑا تھا۔ اس کا دل بھی بھر آیا۔ آخر شوکت میاں اس کے باپ تھے۔ شہزادے نے ایک نظر اس پر ڈالی اور خسر کے ساتھ آگے بڑھ گیا اس کے دل پر گھونسہ سا

لگا۔

صبح ہو گئی تھی۔ محلے کے قبرستان میں قبر تیار کرنے کے لئے وہ کل ہی کہہ آیا تھا۔ قبر تیار ہو چکی ہو گی۔ شہزادہ اپنے خسر کے ساتھ کہیں چلا گیا تھا۔ دو تین گھنٹے بعد وہ لوٹا۔ اسے پتہ چلا کہ شہزادہ بڑی مشکل سے اپنے خسر کا رسوخ استعمال کر کے خطہ صالحین میں جگہ حاصل کر سکا ہے۔ جہاں بڑے بڑے بزرگان دین، نواب اور جاگیر دار دفن تھے۔

کفایت علی تذبذب میں پڑ گیا کہ آخر اس قبر کا کیا ہو گا جو اس نے تیار کروائی تھی۔ شہزادے سے بات کرنے کا موقع ہی نہیں مل رہا تھا۔ پھر ٹرک آ گیا۔ شہزادہ اپنے خسر کی چمکتی ہوئی "لمبی کار" میں سوار ہو گیا۔ اس کے دوسرے سسرالی رشتہ دار مختلف کاروں اور وینوں میں بیٹھ گئے۔ وہ چپ چاپ کھڑا رہ گیا۔ پتہ نہیں کس نے ٹرک میں سے ہاتھ بڑھایا اور کس نے اسے بیٹھنے میں مدد کی۔ وہ سوار ہو گیا۔ قبر میں شہزادہ ہی اُترا اس کے خسر تدفین کے مراحل سمجھانے لگے۔ کفایت علی بھیڑ سے الگ ایک پکی قبر کے چبوترے پر بیٹھ گیا۔ اس کے قریب اس کے آفس کے دو چار دوست آ گئے۔ ہر طرف شہزادہ ہی شہزادہ تھا۔ لوگ یہ بھول گئے کہ اس کے باپ کا انتقال ہوا ہے۔

شہزادے کی تعریفیں ہو رہی تھیں "مرحوم نے جس شان سے زندگی گزاری تھی اسی شان سے آخری سفر بھی طے کیا۔ پوتے نے حق ادا کر دیا۔ کیا شوکت میاں کا کوئی بیٹا زندہ نہیں ہے؟ کسی نے پوچھا! پتہ نہیں۔ کسی نے جواب دیا۔ اس کے دل پر پھر ایک بار گھونسہ سا لگا۔ قبر مٹی سے ڈھانک دی گئی۔ چالیس قدم پر رُک کر فاتحہ

پڑھی جا رہی تھی۔

اس قبر کا کیا ہو گا؟۔ چار یا پانچ ہزار روپئے لگ جائیں گے۔ کفایت علی نے سوچا۔ سب گھر لوٹ آئے۔ سوگوار ماحول میں پھر سے سسکیاں اور رونے کی آوازیں گونجنے لگیں۔

کفایت علی جس بات سے ڈر رہا تھا وہی ہوا۔ محلے کے قبرستان کا آدمی آیا ہوا تھا۔

"معلوم ہوا ہے تدفین خطہ صالحین میں ہوئی ہے"۔ آدمی نے اس سے پوچھا۔

"جی"

"پھر اس قبر کا کیا ہو گا"۔

"مزدوری لے لینا"۔ کفایت علی نے سوچا سمجھا ہوا جواب دہرایا۔

لیکن وہ آدمی آڑ گیا کہ پورا پیسہ لے گا۔ بحث بڑھی آواز اونچی ہوئی۔

شہزادہ ڈرائنگ روم میں اپنے سسرالی رشتہ داروں کے ساتھ بیٹھا مرحوم کے اوصاف بیان کر رہا تھا۔

وہ غصے میں باہر آیا۔

"کیا ہے؟"

قبرستان والے آدمی نے سارا ماجرا سنایا۔

"کتنے پیسے ہوئے"شہزادے نے پوچھا۔

"بیٹا صرف مزدوری دینا ہے"۔ کفایت علی نے آہستہ سے کہا۔

"بابا! گھر رشتہ داروں اور مہمانوں سے بھرا پڑا ہے اور آپ ایک معمولی سی

بات پر اُلجھے ہوئے ہیں"۔ شہزادے نے جھلاّ کر کہا۔ کفایت علی کو محسوس ہوا جیسے شوکت میاں زندہ ہوگئے ہوں۔ شہزادہ جیب سے پیسہ نکال کر دینے لگا۔

"بیٹا تم میری بات سنو تم سارے پیسے کیوں دے رہے ہو؟"۔

آخر وہ قبر ہمارے کس کام آئے گی؟ کفایت علی نے بے بسی سے کہا

"آپ کے کام آئے گی" شہزادے نے جھلاّ کر کہا۔

کفایت علی کا سر چکرا گیا۔ اس نے سنبھلنے کی کوشش کی لیکن اسی برف کی سل پر گر پڑا جو صحن میں رکھی تھی وہ ٹھنڈک میں دور تک اُترتا چلا گیا۔

***

۵

دھار

صبح جاگنے کے بعد اس نے حسب معمول شیو کرنا چاہا تو اسے اپنا شیونگ سیٹ جگہ پر نہیں ملا۔ سارا کمرہ دیکھ لیا۔ بچے بھی اس کے کمرے میں نہیں آتے تھے اس کی چیزوں کو کوئی ہاتھ نہیں لگاتا تھا۔ اسے سخت غصہ آیا۔ جب سے اس کا لڑکا واپس آگیا تھا اس کا موڈ بے حد خراب رہنے لگا تھا۔ اس نے بیوی کو بلا کر ڈانٹا کہ وہ اس کی چیزوں کا خیال نہیں رکھتی۔ اس کی بیوی بھی حیران تھی کہ آخر شیونگ سیٹ کہاں گیا۔ اس نے گھر کا کونا کونا چھان مارا ہر ممکن جگہ دیکھ لی لیکن وہ سیٹ نہیں ملا۔

برسوں کی عادت تھی۔ چودہ برس کے عمر سے وہ برابر شیو کر رہا تھا۔ صبح جاگتے ہی پہلا کام یہی تھا۔ اتنے برس گزر گئے اس کے معمول میں فرق نہیں آیا تھا۔ آج تک کسی نے اس کی داڑھی بڑھی ہوئی نہیں دیکھی تھی۔ بیماری اور سفر کی حالت میں بھی وہ شیو کرنے سے کبھی نہیں چوکتا۔ تیز دھار کی بلیڈ جب تک اس کے گالوں پر نہ دوڑتی وہ خود کو تر و تازہ محسوس نہیں کرتا تھا۔ پنشن کے بعد اس کے بہت سے دوستوں نے شراب چھوڑ دی اور داڑھی بڑھالی تھی۔ لیکن وہ آج بھی بہترین بلیڈ اور قیمتی شراب استعمال کرتا تھا۔

کس کی حرکت ہو سکتی ہے؟ اس نے سوچا۔

اس کا بیٹا تو مولوی ہے پورا مولوی۔۔۔ اس نے تو داڑھی رکھ چھوڑی ہے۔ سیاہ شرعی داڑھی۔ اسے یہ سب پسند نہیں تھا۔ ایک خاص حلیہ جس سے مذہبیت ٹپکتی ہو اسے بالکل پسند نہ تھا۔ اس کا خیال تھا تمام مذاہب انسانوں کے لیے آئے ہیں، انسانوں سے نفرت کرنے کے لیے نہیں۔ سارے مذاہب کچھ خاص زمانے میں مخصوص حالات میں اس دور کے لوگوں کے لیے آئے تھے اب وہ پرانے ہو چکے ہیں موجودہ دور میں ناقابلِ عمل۔۔۔ سب اپنے مذہب کو بہتر سمجھتے ہیں۔ کوئی کسی کی برتری تسلیم نہیں کرتا نتیجے میں کتنے تصادم، کتنے فسادات، کتنی جنگیں ہوئیں۔ سارے مذاہب کے پیشوا عظیم انسان تھے اُنھوں نے ایک اچھے معاشرے کے لیے محنت کی۔ آج بھی پرانی باتوں کو دہرانے کے بجائے ایسی ہی کوشش کی جانی چاہیے۔

اس نے اپنے بیٹے کو روکا نہیں۔ وہ چاہتا تھا کہ وہ خود ہی اپنے طور پر دنیا کو برتے اور فیصلے کرے۔ اسے دیکھ کر کوفت ضرور ہوتی تھی۔

اور اب اس کے لڑکے کو بڑے زور کا دھکا لگا تھا۔ ویسے وہ بھی اندر سے ہل گیا تھا۔ اِدھر کچھ برسوں سے وہ محسوس کر رہا تھا کہ اس کے نظریات کو پے در پے شکست ہو رہی ہے۔ اس کی طرح سوچنے والے کم ہوتے جا رہے ہیں۔ صارفیت کے طوفان میں سب بہہ رہے ہیں۔ زیادہ سے زیادہ پیسہ کمانے کے لیے آدمی دنیا کے کسی بھی کونے میں جانے کے لیے تیار ہے۔

جب ملک تقسیم ہوا اِس وقت وہ جوان تھا۔ ہر شخص بھاگ رہا تھا، تحفظ کے لیے، بہتر مستقبل کے لیے، مفت میں جائیداد حاصل کرنے کے لیے۔ پاسپورٹ کی

بھی ضرورت نہیں تھی، بس سرحد پار کرنا تھا۔ اس کی ماں کا اصرار تھا کہ وہ اُدھر چلے جائیں۔ لیکن وہ یہیں رہنا چاہتا تھا، اپنے ملک میں۔ جب بھی فسادات ہوتے اس کی ماں اس کی طرف سوالیہ نظروں سے دیکھتی لیکن اسے کوئی شرمندگی نہیں ہوتی۔ اس کے اپنے خواب تھے، انسانیت پر بھروسہ تھا۔ جہالت دور ہوگی لوگوں کو شعور آئے گا تو سب ٹھیک ہو جائے گا۔ یہ سب مذہبی جنون ہے۔ اُدھر بھی بہت چین اور سکون نہیں تھا۔ کچھ عرصہ بعد اسے معمولی سی سرکاری ملازمت مل گئی۔ وہ اسی میں خوش تھا۔ شادی ہوئی۔ بچے ہوئے۔ بہت خوش حالی تو نہیں تھی لیکن وہ ایک باوقار زندگی گزار رہا تھا۔ بچے سرکاری اسکول میں پڑھتے تھے لیکن اچھا پڑھتے تھے۔

دوسری بار پھر وہ ایک کڑے امتحان سے اُس وقت گزرا جب خلیج کے راستے کھلے۔ اس کے کئی دوست دولت سمیٹنے کے لیے بھاگے۔ بیوی نے اسے بہت سمجھایا لیکن وہ ٹس سے مس نہیں ہوا۔ وہ ایسے ملک کو نہیں جائے گا جہاں اسے دوسرے درجے کا شہری بن کر رہنا پڑے۔ اس ملک کے قوانین، طرز زندگی، وہ تو گھٹ کر مر جائے گا۔

اس نے دھیرے دھیرے زندگی جوڑی۔ شہر سے دور ایک ہاؤزنگ سوسائٹی کے تحت زمین خریدی اور برسوں میں رفتہ رفتہ گھر بنایا۔ پندرہ بیس برس میں اس علاقے کی صورت بدل کر رہ گئی۔ اب وہ شہر کا ایسا حصہ بن گیا تھا جس کی بے حد مانگ تھی۔ کالونی میں سب اس کے جاننے والے تھے۔ اس کے ساتھ کام کرنے والے اس کے دوست جن کے ساتھ وہ شراب پیتا تھا، بحثیں کرتا تھا۔ اسے وہ سب اسی کی طرح لگتے تھے۔ لڑکے نے بھی سرکاری کالج اور یونیورسٹی سے پڑھ کر

انجینئرنگ کرلی تھی، ایک فرم میں ملازمت بھی کر رہا تھا۔ لڑکی کی شادی ہو گئی تھی۔ داماد خلیجی ملک میں ملازمت کر رہا تھا۔ بیٹی اور نواسے اس کے ساتھ تھے۔ بڑی حد تک وہ مطمئن تھا۔ لیکن اندر سے سب کچھ اطمینان بخش نہیں تھا۔ پہلے وہ سوچا کرتا تھا کہ کسی بھی قوم کی زندگی میں پچیس پچاس برس کی کوئی اہمیت نہیں ہوتی۔ دھیرے دھیرے سب ٹھیک ہو جائے گا۔ لیکن ایسا نہیں ہوا۔ شخصیت پرستی اور موروثی نظام نے رنگ دکھایا۔ ضدی عورت اور ناتجربے کار لڑکا خود بھی تباہ ہوئے اور ملک کو بھی تباہی کے راستے پر ڈال دیا۔ ان کے بعد اونگھتے ہوئے بوڑھے نے تابوت کے آخری کیل جڑ دی۔ سب کچھ برباد ہو کر رہ گیا۔ ملک کو راتھ والوں کے قدموں میں ڈال دیا گیا۔

قدیم عبادت گاہ ہٹ دھرمی سے گرادی گئی تو بہت کچھ بدل گیا۔ کتنے لفظ بے معنی ہو گئے اور کتنے لفظ نئے مفہوم لے کر آئے۔ شیلا نیاس، کارسیوک، ڈھانچہ، ہندو راشٹر، بھارتیہ کرن، اگروادی، جہاد، بم بلاسٹ، انکاؤنٹر، نئی نئی دہشت پسند تنظیمیں، بڑی جارحانہ وطن پرستی آگئی تھی۔ کچھ نئے لوگ اس منظر نامے میں اُبھر آئے تھے جن کا کام صرف زہر اُگلنا اور دھمکیاں دینا تھا۔ سیکولر کہلانے والے اپنی کلائیوں پر سرخ دھاگے باندھنے لگے تھے۔ اپنے بچوں کی شادی کے دعوت ناموں پر جلی حرفوں میں بسم اللہ اور اوم لکھا جاتا ہے۔ ایک بڑی طاقت تاش کے پتوں کی طرح بکھر کر رہ گئی تھی اور کل تک جو سوشلسٹ لیڈر تھے، بائیں بازو کے اخبارات شائع کرتے تھے وہ کٹر مذہبی جماعتوں کے تلوے چاٹنے لگے تھے۔

تبدیلی اس کی کالونی میں بھی آئی تھی۔ وہ خود کو اکیلا محسوس کر رہا تھا۔ شام کی

محفلیں کبھی کے ختم ہو چکی تھیں۔ محلے کے بچوں نے اس کے نواسوں کا جینا دوبھر کر دیا تھا۔

پاکستانی۔۔۔پاکستانی۔۔۔!

اس کے تن بدن میں آگ لگ جاتی تھی۔ جس ملک سے اس نے کوئی واسطہ نہیں رکھا، وہی اس کے بچوں کے سروں پر تھوپا جا رہا ہے۔ اس کے بچے پاکستان کے بارے میں زیادہ جانتے بھی نہیں تھے۔

"ناناجی وہ ہمیں پاکستانی کیوں کہتے ہیں" وہ چپ رہا۔

"کیوں کہ ہم مسلم ہیں"۔ بڑے نواسے نے کہا۔

"کیا تمام مسلم پاکستانی ہوتے ہیں؟" پھر سوال کیا گیا۔

اس نے کوئی جواب نہیں دیا، جھلاّ کر اسی وقت باہر نکلا۔ وہ کالونی کے بزرگوں سے ملا، صورتحال بتائی۔ کسی نے اس کی بات رد نہیں کی۔ لیکن اسے لگا جیسے صرف وہی بول رہا ہے، خلا میں اس کے الفاظ بکھر رہے ہیں اور کوئی معنی نہیں دے رہے ہیں۔ پہلی بار اسے محسوس ہوا کہ شاید اب وہ یہاں نہیں رہ پائے گا۔ جو قومیں کمزور پڑ جاتی ہیں انھیں سلمس میں ڈھکیل دیا جاتا ہے۔ اپنا گھر فروخت کرتے وقت اسے تکلیف ہوئی۔ قیمت بھی وہ نہیں ملی جو بازار کی تھی۔

اپنے بیٹے اور بیوی کے مشورے سے وہ ایک ایسی بستی میں آگیا جہاں وہ تحفظ محسوس کرتے تھے۔ بے ترتیب مکانات، سڑکیں خستہ حال، ہر نکڑ پر نوجوانوں کی ٹولیاں، لمبے لمبے کرتے اور اونچے پاجامے پہنے بزرگ، لمبی داڑھیاں، سر پر ٹوپیاں۔۔۔ سیاہ برقعوں میں گھومتی عورتیں، صرف آنکھیں کھلی رہتیں۔ نوجوان

لڑکے جینز اور ٹی شرٹ پہنے موٹر سائیکلوں پر دندناتے پھرتے۔ راتوں رات دولت مند بن جانے اور بغیر محنت کے پیسہ کمانے کے خواب آنکھوں میں سجائے سر پر اُلٹی کیپ لگائے، جیبوں سے سیل فون کی گنگناتی موسیقی۔۔۔ ہر گھر کا کوئی نہ کوئی فرد بیرون ملک ملازم تھا۔۔۔ نماز کا وقت ہوتا تو لاؤڈ اسپیکر پر اذانوں کا شور بلند ہوتا۔ اس ماحول میں اس کا دم گھٹنے لگتا۔

عجیب بستی تھی۔ سب کو سب کی خبر ہوتی تھی۔ کون کیا کرتا ہے، کیا کھاتا ہے کیا پہنتا ہے کس گھر میں کون مہمان آیا ہے۔ پتہ نہیں یہ ساری باتیں کیسے ایک دوسرے تک پہنچ جاتی تھیں۔ شروع شروع محلے والوں نے اسے بھی گھیر لیا۔ نمازیوں کی ایک ٹولی اس کے پاس آئی اسے "راہِ راست" پر لانے کی کوشش کی گئی۔ اس نے سختی سے کہہ دیا کہ گناہ اور ثواب کے بارے میں وہ ان سے زیادہ جانتا ہے۔ اب وہ عمر کی اس منزل میں ہے کہ کوئی تبدیلی آنے والی نہیں ہے وہ اپنی مرضی سے جینا چاہتا ہے۔ اس کی اصلاح کی کوشش نہ کریں۔ اس کے لہجے میں اتنی تلخی اور درشتگی تھی کہ دوبارہ پھر کسی نے ہمت نہیں کی۔ البتہ اس کا بیٹا محلے میں جلد ہی مقبول ہوگیا۔ وہ نماز کا پابند بھی تھا اور محلے کے نوجوانوں اور بزرگوں میں وقت بھی گزارتا تھا۔ بیوی بھی نماز کی پابند ہوگئی تھی۔

اس نے ایک معمول بنالیا تھا۔ صبح ہوتے ہی داڑھی بناتا، نہاتا، تفصیل سے اخبار پڑھتا، ناشتہ کرتا پھر لائبریری میں بیٹھ جاتا۔ دوپہر کے کھانے کے بعد کچھ دیر سو جاتا۔ شام میں کہیں کوئی جلسہ کوئی میٹنگ ہوتی تو چلا جاتا یا اپنے کسی دوست کے گھر چلا جاتا۔ اپنے معمول کے دو تین پیگ لیتا۔ مختلف موضوعات پر گفتگو کر کے خود

کو ہلکا پھلکا محسوس کرتا۔ جب کبھی معمول سے زیادہ ہو جاتی تو اس کے قدم ہلکے سے لڑکھڑانے لگتے وہ سیدھے بستر میں چلا جاتا۔ اس کی بیوی فرش پر بستر بچھا کر سو جاتی۔ احتجاج کا ایک نیا طریقہ اس نے نکالا تھا۔ محلہ والے تو اسے بس باہر جاتے اور آتے ہوئے دیکھتے تھے۔ کسی سے اس کی ملاقات نہ تھی۔

قدیم عبادت گاہ کے گرنے کے تقریباً دس برس بعد جدید طاقت، تہذیب و معاشرت کی علامت دو عمارتیں اچانک گرادی گئیں اور پھر بہت کچھ بدل گیا۔ عمارتیں گرتی ہیں تو بہت کچھ بدل جاتا ہے۔ پھر کچھ نئے لفظ آئے جن میں زیادہ شور تہذیبوں کا ٹکراؤ اور دہشت گردی کے خلاف رد عمل، ایٹمی ہتھیار رکھنے والے ممالک کا صفایا تھا۔

قدیم عمارت گری کہ جدید عمارتیں، نقصان اسی کا ہوا۔ اس کی پوزیشن خراب ہو گئی۔ یوں اس نے جنگ کے خلاف مظاہروں میں حصہ لیا۔ سمیناروں اور سمپوزیم میں بڑھ چڑھ کر حصہ لیا۔ لیکن اسے محسوس ہوا یہ سب کچھ ایک انٹلکچول تفریح کے علاوہ کچھ بھی نہیں ہے۔ لوگ جنگ کی ہولناکی کو محسوس نہیں کرتے۔ ٹی وی پر جنگ کے مناظر ایسے ہی دیکھتے ہیں جیسے فیشن چیانلس پر خوبصورت جسم "الیکٹرانک میڈیا نے میدان جنگ اور فیشن شو کے ریمپ کا فرق بھی مٹا دیا ہے۔

دوستوں سے بحث کرنے میں بھی اب کوئی لطف باقی نہیں رہا تھا۔ اس کی طرح سوچنے والے کم ہوتے جا رہے تھے۔ ایک رُخ یہ ہے کہ لوگ اُس بڑی طاقت کو ظالم کہتے ہیں لیکن اس خلیجی ملک کے حکمران کو ڈکٹیٹر نہیں کہتے۔ لوگ خودکش بم کی تائید تو کرتے ہیں لیکن بے گناہ مرنے والوں پر افسوس نہیں کرتے۔ دوسرا

رُخ یہ ہے کہ کہیں بھی بم بلاسٹ ہوتا ہے، دہشت گردی ہوتی ہے تو اس کی طرف عجیب نظروں سے گھورتے ہیں جیسے ہر دہشت گردی کا ذمہ دار وہ ہو۔ پولیس راتوں رات اس کے محلہ سے نوجوانوں کو پکڑ کر لے جاتی ہے۔

ان حالات میں اس کے لڑکے نے جب کہا کہ وہ مغربی ملک کو جارہا ہے تو وہ چونک پڑا۔

"کیوں جانا چاہتے ہو؟"

"ظاہر ہے بہتر مستقبل کے لئے"۔

"کیوں کیا یہاں تمھارا کوئی مستقبل نہیں ہے؟"

"نہیں پاپا۔ ہمارے ملک کو اعلیٰ تعلیم یافتہ سوچنے والے ذہن کی ضرورت نہیں ہے"

"وہاں بھی تو اعلیٰ تعلیم یافتہ لوگ چھوٹے چھوٹے کام کرتے ہیں"۔

"وہ عبوری دور ہوتا ہے پاپا۔ پیسہ بھی معقول ملتا ہے"۔

"تو تم پیسہ کمانا چاہتے ہو؟"

"ہاں پاپا پیسہ موجودہ دور کی سب سے بڑی حقیقت ہے"۔

"لیکن مذہب تو قناعت پسندی۔۔۔"

"مذہب پیسہ کمانے سے روکتا نہیں" بیٹے نے بات کاٹ کر کہا "اچھا اچھا۔۔۔ بیٹے کے جارحانہ موڈ کو دیکھ کر وہ خاموش ہو گیا۔ اس نے اگر قناعت پسندی سے کام لیا، زیادہ پیسوں کا لالچ نہیں کیا تو ضروری نہیں کہ اس کا بیٹا بھی ایسا ہی سوچے۔ پہلے جو تعیش کی چیزیں کہلاتی تھیں اب وہ ضرورت بن گئی ہیں جس کے لیے پیسہ چاہیے۔

اس کے بیٹے کو اس کے انداز میں جینے کا موقع دینا چاہئے۔

زور و شور سے تیاریاں ہونے لگیں، کپڑے جوتے، سفر کا سامان، ضروری چیزیں وہاں کے موسم کے مطابقت رکھنے والی۔۔۔ ایک ایک تفصیل تھی اس کے بیٹے کے پاس اس ملک کی۔۔۔

پھر سب نے نمناک آنکھوں سے وداع کیا۔ دعائیں دیں، امام ضامن باندھے۔۔۔ گھر لوٹے تو بڑا سونا پن محسوس ہونے لگا۔ اِدھر کئی دنوں سے بڑی گھما گھمی تھی۔ رات دیر گئے تک جاگنا۔ دوست احباب کا آنا جانا۔

بیٹے نے ممبئی سے فون کیا کہ پہنچ گیا ہے۔ پھر اس ملک کے پلین میں بیٹھنے سے قبل فون کرنے کا وعدہ کیا۔ رات میں اس کا فون آیا کہ وہ پلین میں بیٹھنے جا رہا ہے۔ وہ آرام سے سو گئے۔

صبح وہ جلدی ہی جاگا۔ بیٹے کے فون کا انتظار کرنے لگا۔ بیوی بھی فجر پڑھ کر مصلے پر بیٹھی تھی۔ کافی انتظار کے بعد بھی فون نہیں آیا تو وہ بے چین ہو کر ٹراویلنگ ایجنسی کے دفتر بھاگا جس کے ذریعہ اس کا بیٹا گیا تھا۔ ٹراویلنگ ایجنسی والے بھی کوشش میں لگ گئے۔ وہ گھر لوٹ آیا۔ بیوی گڑگڑا کر دعائیں کرتی رہی۔ وہ بے چینی سے ٹہلتا رہا۔ پھر ٹراویلنگ ایجنسی والوں کا فون آیا کہ اس کا لڑکا وہاں پہنچ تو گیا ہے لیکن ایرپورٹ پر روک لیا گیا ہے۔ وہ پریشان ہو گیا۔ پتہ نہیں ایسا کیوں ہوا۔ کچھ سمجھ میں نہیں آرہا تھا۔ وہ فون کھڑ کھڑانے لگا جن دوستوں کے بچے اس ملک میں تھے یا خاندان کے افراد وہاں تھے ان سے گفتگو کی ممکن ہے کوئی صورت نکل آئے۔ لیکن بات نہیں بنی۔ رات بھر وہ بے چین رہا۔ یہ دوسری رات تھی۔ پتہ

نہیں بیٹے پر کیا گزر رہی تھی۔

رات اس کے بیٹے کا فون آیا۔

"ہاں بیٹے کیا ہوا؟" اس نے بے چینی سے پوچھا۔

"کچھ نہیں پاپا میں واپس آرہا ہوں"۔

"کیا ہوا۔ کچھ بتاؤ تو"۔

"آکر بتاؤں گا۔۔۔" بیٹے نے اپنی واپسی کی فلائیٹ کا وقت بتا دیا۔ صبح اس نے حسب معمول شیو کیا۔ وقت سے پہلے ہی ایرپورٹ پہنچ گیا۔ بیٹا واپس آگیا۔ اس نے اسے گلے لگایا۔ ٹیکسی میں بیٹھنے کے بعد اس نے پوچھا "کیوں روک دیا تھا اُنھوں نے؟"

"ان کا خیال ہے میری شکل بین الاقوامی دہشت گرد سے ملتی ہے"۔

"تم نے کچھ نہیں کہا؟"

"وہ لوگ کچھ سننے کو راضی ہی نہیں تھے۔ انکوائری کی گئی اس کے بعد چھوڑا"

"کچھ ثابت نہ ہونے پر بھی واپس کر دیا"۔

"ہاں۔۔۔"

"چلو یہی کیا کم ہے تم صحیح سلامت واپس آگئے۔ اللہ جو کرتا ہے اس میں کوئی نہ کوئی مصلحت ہوتی ہے"۔

اس کے بیٹے نے عجیب نظروں سے دیکھا۔ وہ شرمندہ ہو گیا۔ یہ کیسے الفاظ اس کے منہ سے نکل رہے ہیں۔

بیٹے کے اس طرح لوٹ آنے پر اسے بہت بڑا دھکا لگا۔ کیا اِن پر دنیا تنگ

ہو رہی ہے۔ یہاں زہریلے بیانات روزانہ پڑھنے کو ملتے ہیں، نسل کشی کا ایک کامیاب تجربہ کیا جا چکا ہے، ظالم ہی حکومت بھی کر رہے ہیں۔ خلیجی ممالک اپنے ملک میں پیدا ہونے والے بچوں کو بھی شہریت نہیں دیتے۔ مغربی ممالک کا یہ رویہ ہے۔

بیٹے کے بارے میں وہ کوئی اندازہ نہیں کر سکا کہ اس واقعہ کا اس پر کیا اثر ہوا۔ اس نے پرانی ملازمت جوائن کرلی تھی۔ کام میں مصروف تھا۔ ممکن ہے اس نے بیرونِ ملک جانے کا خواب دیکھنا ہی چھوڑ دیا ہو۔

آئینے میں اس نے اپنا چہرہ دیکھا۔ اچھی خاصی داڑھی نظر آ رہی تھی۔ سفید سفید۔۔۔ تیز دھار کی بلیڈ کے لیے وہ بے چین ہو گیا۔ اس کی بیوی بار بار کہہ رہی تھی کہ وہ دوسرا شیونگ سیٹ خرید لے یا باہر جا کر داڑھی بنوا آئے، اس کا چہرہ اچھا نہیں لگ رہا ہے۔ لیکن وہ کاہلی سے گھر میں پڑا رہا۔ بیٹا آفس کے کام سے شہر سے باہر گیا ہوا تھا۔ وہ شام تک باہر نہیں نکلا، معمول کے دو پیگ بھی نہیں لیے۔ دن بھر پڑھتا رہا یا ٹی وی پر خبریں دیکھتا رہا۔

اس کی بیٹا اجازت لے کر کمرے میں آ گیا

"پاپا یہ لیجئے آپ کا شیونگ سیٹ میں لے گیا تھا۔ آپ سے پوچھے بغیر۔۔۔ آئی ایم سوری پاپا۔۔۔" لڑکا ایک سانس میں کہہ گیا۔

"تمھیں کیا ضرورت پڑی اس کی۔۔۔" اس نے کہا۔ نظر اُٹھا کر بیٹے کی طرف دیکھا تو حیرت زدہ رہ گیا اس کے بیٹے کے چہرے پر داڑھی برائے نام رہ گئی تھی۔

"تمھاری داڑھی؟" اس کے منہ سے بے اختیار نکلا۔

"آہستہ آہستہ کم کر دی۔ اب کلین شیو ہو جاؤں گا"۔ بیٹے نے ہنستے ہوئے کہا

"لیکن کیوں؟"

"نیا پاسپورٹ بنواؤں گا کلین شیو تصویر کے ساتھ۔۔۔"

"لیکن یہ کیسے ممکن ہے ریکارڈ ہوتا ہے۔۔۔ باضابطہ۔۔۔"

"یہاں سب کچھ ممکن ہے پاپا۔ بس سورس چاہئے۔ اس بار کہیں اور جاؤں گا"۔

"لیکن یہ غیر قانونی ہے"۔

"کیا بغیر داڑھی کے پاسپورٹ بنوانا غیر قانونی ہے؟"

وہ خاموش ہو گیا، بحث نہیں کی۔

"صرف داڑھی رکاوٹ بن گئی ہے پاپا۔۔۔ "یہ لیجئے آپ کا سیٹ"۔

"نہیں"۔ وہ کچھ سوچتے ہوئے بولا "اسے تم ہی رکھ لو"۔

لڑکے نے حیرت زدہ نظروں سے اس کی طرف دیکھا۔

اس نے آئینے میں اپنا چہرہ دیکھا اپنی بڑھی ہوئی داڑھی پر ہاتھ پھیرا۔ ایسے بھی وہ بُرا نہیں لگ رہا ہے۔ اس نے اپنے آپ سے کہا اور معنی خیز انداز میں مسکرا دیا۔

***

۶

کرفیو

خوفناک عفریت نے پھر زندگی کے بدن میں اپنے ناخن گاڑدیئے۔ زخموں سے خون ابلنے لگا۔ وہ سب وحشت زدہ جانوروں کی طرح سڑک پر نکل آئے۔ عمارتوں اورانسانوں کے اس جنگل میں غراتی پھرنے والی دیوہیکل جانوروں جیسی بسیں آگ اور پتھراؤ کے خوف سے جیسے غاروں میں جاچھپی تھیں۔ وہ سب بے بس ہوکراپنی اپنی پناہ گاہوں میں پہنچنے کے لیے بے چین ادھر ادھر دوڑنے لگے۔ اس بھیڑ سے الگ تھلگ سنہرے بالوں والی خوب نوجوان عورت نے ان وحشت زدہ انسانوں کو حقارت سے دیکھا۔ اورایک خاص ادا سے بالوں کو جھٹکادے کر بڑبڑائی""سب جانور ہیں"۔

خوف کا احساس اس کے وجود میں بھی دھیرے دھیرے اترتا جارہاتھا کہ وہ خود اپنے گھر کیسے پہنچے۔ اس کا گھر ٹھیک اسی علاقے میں تھا جہاں وہ عفریت پنجے گاڑے خون کی پیاس بجھارہاتھا۔

اچانک ہی ایک کار اس کے سامنے رکی۔ دروازہ کھلا اور مہذب قسم کے آفیسر نے شائستگی سے اس کی طرف مسکرا کر دیکھا۔ عورت کے اندر چھپی ہرنی نے چوکنا

ہو کر اسے غور سے دیکھا۔ وہ جانوروں جیسا نہیں تھا۔ شکاریوں جیسی سفاکی بھی اس میں نظر نہیں آرہی تھی۔ بے اطمینانی کی فضا سے نکلنے کا واحد ذریعہ وہی کار تھی۔ ہرنی نے چھلانگ لگائی اور پنجرے کا دروازہ بند ہو گیا۔ آفیسر بے حد خاموش تھا۔ وہ اپنے گھر کا راستہ بتانے لگی۔

کار جھٹکے سے رکی۔ ایک خاکی وردی والے نے کار کے سامنے آکر کہا "اس علاقے میں سخت کرفیو لگا دیا گیا ہے۔ آپ آگے نہیں جاسکتے"۔

"کرفیو۔۔۔"وہ کانپ گئی۔

"گھر کیسے جائیں؟"اس نے گھبرا کر پوچھا۔

خاکی وردی والے نے اسے عجیب نظروں سے گھورا۔

اب جب کہ عفریت نے پنجے گاڑ دیئے ہیں۔ تو مٹی' چونے اور گارے کی وہ منظم شکل باقی کہاں رہ گئی ہو گی جسے گھر کہا جاتا ہے۔ خاکی وردی والا واپس مڑ گیا۔

قریبی ادھ کھلے ریستوران سے اس نے مختلف نمبر ڈائل کیے لیکن اس کا شوہر اسے کہیں نہ مل سکا۔ چوتھی بار اس نے نمبر ڈائل کرنا چاہا تو آفیسر نے کریڈل پر ہاتھ رکھ لائن کٹ کر دی۔

"کیا ہرج ہے' کرفیو ختم ہونے تک آپ میرے گھر چلیں"۔ اس نے فون رکھ دیا اور اطمینان کی سانس لی۔ وہ خود تنہا گھر نہیں جانا چاہتی تھی۔ ابھی چند دنوں پہلے ہی اس نے اپنی آنکھوں سے عفریت کو تباہی مچاتے دیکھا تھا' دہشت کی فضا تھی۔ شور' چیخیں' لاٹھیاں' پتھراؤ' آگ' دُھواں' سیٹیاں' لاٹھی چارج' جوتوں کی دھمک' گاڑیوں کا شور' آنسو گیس برساتے شل' دستک' گرفتاریاں' فرار کی کوشش' گولی

کے دھماکے 'لال لال خون۔!!

دور کہیں گولی چلنے کی آواز آئی۔ اس نے فون رکھ دیا اور گاڑی میں آ بیٹھی۔ اسے مہذب انسانوں سے کبھی خوف نہیں ہوتا تھا۔ یہ آفیسر تو بہت شائستہ تھا۔ شادی سے پہلے اس کے کئی مرد دوست تھے۔ ان کے ساتھ وہ کبھی پکنگ پر بھی چلی تھی۔ ٹھنڈی بیئر کی چسکیاں اور غیر ملکی سگریٹ کے کش بھی لگالیتی۔ ڈانس بھی کرلیتی تھی لیکن ہوش میں رہ کر۔ اس نے اپنی شخصیت کے گرد ایک خول چڑھا رکھا تھا۔ لیکن شائستہ مردوں کے ساتھ وہ اس خول سے باہر آجاتی تھی۔ اسے ایسے مرد پسند نہیں تھے جو اپنی مردانگی کا اشتہار ہوتے ہیں اور ہر جگہ اپنی صلاحیتوں کا ڈھول پیٹتے ہیں۔ عورت کو دیکھتے ہی ایک دم جانور بن جانے والے مردوں سے بھی اسے نفرت تھی۔ دھیرے دھیرے اثر کرنے والی شخصیتیں اسے متاثر کرتیں۔ غیر محسوس طریقے سے پیار کیا جائے تو اسے کبھی برا نہیں لگتا۔ ناچتے ناچتے جب مدہوشی کی کیفیت طاری ہوگئی اور کسی نے کمر پر گرفت مضبوط کردی۔ کبھی قدم لڑکھڑا گئے۔ کبھی کوئی چہرہ جھکا تو اس نے اس کا برا نہیں مانا تھا۔ جانوروں جیسے انسانوں سے اسے خوف ہوتا تھا۔ وہ خول میں جا چھپتی۔ وہ جانور اسے زخمی کردیں گے اور اس کی شخصیت کا بھرم رفتہ رفتہ ختم ہو جائے گا اور وہ بے قیمت اور کھوکھلی ہو جائے گی۔

جوان ہوتے ہی اس کی طرف اٹھنے والی نگاہوں نے اسے خوبصورت بدن کی قدروقیمت سے آگاہ کردیا تھا۔ اس کی ساری دِلکشی اور جاذبیت اس کے بدن میں چھپی ہوئی تھی۔ اپنے جسم کی خوبصورتی اور اہمیت سے آگہی نے اسے دوسروں کو

ترسانا اور تڑپانا سکھا دیا تھا۔ ایک بہت ہی شریر ہرنی اس کے اندر آ چھپی تھی جو لمحے بھر کو شکاری کو نظر آتی اسے لبھاتی' ترساتی اور جب وہ نشانہ جماتا وہ قلانچیں بھرتی ہوئی۔ یہ جا وہ جا۔ شکاری دیوانہ وار سارا جنگل چھانتا پھرتا۔

کار رکی۔ ویل فرنشڈ فلیٹ۔ جدید طرز کا فرنیچر۔ قیمتی قالین۔ سٹریو ٹائپ ٹیپ ریکاڈر۔ کیسیٹس کا ڈھیر !

آفیسر نے ٹیپ کا بٹن دبایا۔ سارے کمرے میں دھیمی موسیقی کی لہریں پھیلنے لگیں۔ اس نے ریشمی بالوں کو جھٹکا دیا جیسے وہ فلیٹ کی سجاوٹ سے بالکل متاثر نہ ہوئی ہو۔ وہ خول سے باہر آگئی۔ کوئی خطرہ نہیں تھا۔ آفیسر کے اندر کوئی جانور نہیں تھا۔ میز پر پڑے رسائل سے ایک رسالہ اٹھا کر وہ سوچنے لگی۔ کرفیو اٹھنے تک وہ آفیسر کے خاندان کے مہذب افراد کے ساتھ رمی کھیل کر وقت گزارے گی۔ لیکن اندر سے آفیسر آیا تو اس کے ہاتھ میں تھمی ٹرے دیکھ کر وہ مایوس ہوگئی۔ اس کا ایک ہی مطلب تھا کہ اس فلیٹ میں آفیسر تنہا ہے۔

خوف کی ایک لہر اس کے وجود میں دوڑی۔

"اونہہ" اس نے لاپرواہی تراشیدہ بال جھٹکے۔

"سارے ملازم اپنے اپنے گھر لوٹ گئے۔ ان کے گھر کرفیو زدہ علاقے میں ہیں"۔

"کرفیو" وہ کانپ گئی۔ اطمینان کی لہروں میں وحشت کا تلاطم اٹھا۔ بار بار تباہی مچانے والے اس عفریت کو ختم کرنے کے بجائے لوگوں کو قید کر کے ماحول کی زندگی چھین لی جاتی ہے۔

چائے کی چسکیوں کے ساتھ گفتگو شروع ہوئی۔ دونوں آرٹ' فلسفہ اور بین

الاقوامی سیاست پر بحث کر کے خود کو انٹلکچول ثابت کرنے کی کوشش کرنے لگے۔ لیکن دونوں کے پاس صرف لفظ ہی لفظ تھے۔ معنوں سے محروم۔ جلد ہی دونوں نے محسوس کرلیا کہ جو لفظ بن رہے ہیں وہ ماحول اور ذہنی کیفیت سے ہم آہنگ نہیں ہورہے ہیں' آفیسر کی نظریں اس کے چہرے اور گردن سے نیچے آرکتی ہیں۔ وقفے وقفے سے وہ اپنے شوہر کو فون کرتی رہی اور آفیسر کو یہ احساس دلاتی رہی کہ وہ شادی شدہ ہے۔ اپنے شوہر کا خیال رکھتی ہے اور یہ کہ اسے گھر پہنچنے کی عجلت ہے۔ ٹیلیفون کے جواب میں اسے جو اطلاعیں ملتی رہیں' وہ یہی تھیں کہ پورے شہر میں کرفیو مسلط کر دیا گیا ہے۔ وہ محصور ہو گئی ہے۔ ریڑھ کی ہڈی پر کنڈلی مارے بیٹھا ہوا خوف سارے وجود میں پھیلنے لگا۔

کیسٹ بدلتے رہے۔ مغربی و مشرقی موسیقی کی آوازیں بے صدا ہوگئیں۔ کیسٹ ختم ہوگئے۔ الفاظ ختم ہوگئے۔ سرخ آنکھیں جھکنے لگیں۔ بدن بوجھل ہو کر دکھنے لگے۔ دونوں کے درمیان شیشے کی دیوار ابھی تک صحیح سالم تھی۔ ٹیپ ریکاڈر بند ہوا تو سناٹا بولنے لگا۔ ایک طویل جماہی۔ چٹختا ہوا بدن۔

"آپ چاہیں تو بیڈروم میں آرام کر سکتی ہیں"۔

بیڈروم تک وہ ساتھ آیا۔ کمرے میں آتے ہی وہ انگڑائی لینے کی شدید خواہش نہ دبا سکی۔ پھر وہ بستر پر بیٹھ کر دن بھر چست کپڑوں میں کسے جسم کو آزاد چھوڑنے کی خواہش چاہتے ہوئے بھی پوری نہ کر سکی۔ نیند سے بوجھل ہو جانے کے بعد اس کا بدن صرف ہلکی پھلکی نائٹی کا بوجھ ہی سہار سکتا تھا۔ اسے نیند نہیں آئی۔ بدن پر منوں بوجھ لدا ہوا سا لگ رہا تھا۔ بیڈروم کی کھڑکی کھول کر وہ باہر جھانکنے لگی۔ اندھیرا اچھل

گیا تھا۔ سڑک ویران تھی۔ اسٹریٹ لائیٹ کی روشنی میں کچھ دور موڑ پر کھڑی پولیس کی گاڑیاں صاف نظر آرہی تھیں۔ ایک شخص نمودار ہوا۔ پولیس کے جوان نے روکا۔ شاید کرفیو پاس پوچھ رہا تھا۔ وہ شخص گھگیانے لگا۔ خوشامدیں کرنے لگا۔ جوان اسے رائفل کے کندے سے دھکا دے کر گاڑی کی طرف ڈھکیلنے لگا۔

اچانک ہی وہ آدمی پلٹا اور تیزی سے بھاگنے لگا۔ جوان نے رائفل سیدھی کی اور گولی چلادی۔ وہ آدمی تناور درخت کی طرح گرا۔ وہ کانپ گئی۔ اس نے جھر جھری سی لی اور کھڑکی بند کر دی۔ نیند کا کوسوں پتہ نہ تھا۔ تکیئے سے کمر لگا کر وہ بے دم ہو کر لیٹ گئی۔ بستر میں اجنبی سی مردانہ بو رچی ہوئی تھی۔

دروازے پر آہٹ ہوئی۔ وہی تھا۔

"نیند نہیں آرہی ہے کیا؟"

"ہاں ابھی گولی چلی ہے"

"یہ سب تو چلتا ہی رہے گا" اس نے لاپرواہی سے کہا۔ "آپ چاہیں تو میں اپنا سلیپنگ گاؤن دے سکتا ہوں"۔

"نہیں۔۔۔بس ایسے ہی ٹھیک ہے "وہ سنبھل کر بیٹھ گئی۔ وہ وہیں صوفے پر بیٹھ گیا۔

"آپ کی شادی ہوئے کتنا عرصہ ہوا؟"

"دوسال"

"اوہ۔۔۔۔۔۔لگتا نہیں۔ بائی دی وے By the way آپ کی عمر کیا ہوگی۔ اٹھارہ سال سے زیادہ کی نہیں لگتیں"۔

اسے لگا جیسے وہ سرکس کی نیم برہنہ لڑکی ہے جسے دائرہ نما گھومتے ہوئے تختے پر سختی سے باندھ دیا گیا ہے۔ وہ دم سادھے رہی۔ آنکھوں پر پٹی باندھے ہوئے مرد نے سنسناتا ہوا خنجر پھینکا تھا۔

"نہیں۔ بائیس سال کی ہوگئی ہوں" وہ بال بال بچی۔ خنجر تختے میں دھنس گیا۔

"اوہ۔۔۔ نو۔۔۔ بالکل نہیں لگتا۔ آپ شادی شدہ ہیں۔ اس کا بھی یقین کرنے کو جی نہیں چاہتا"۔

وہ تراشیدہ زلفیں جھٹک کر مسکرادی تو آنچل ڈھلک گیا۔

"اگر آپ اجازت دیں تو کہوں کہ آپ کا بدن بیحد خوبصورت ہے اور آپ اپنے جسم کو ایکسپوز کرنے کا ڈھنگ جانتی ہیں۔ یہ بھی ایک آرٹ ہے۔ ہے نا"

وہ خاموش ہوگئی۔۔۔ اس نے خود کو خول میں سمیٹنے کی کوشش کی لیکن وہ خول تو کبھی کا ٹوٹ چکا تھا۔

شیشے کی دیوار پر ایک کنکر کھن سے لگا۔ شیشہ ریزہ ریزہ ہوگیا۔ کرچیں ایک دوسرے سے جڑی رہیں بکھری نہیں لیکن دیوار کے اس پاس اس کی شخصیت دھندلا گئی۔ آفیسر نے ایک دھکے سے شیشے کی دیوار گرادی اور کرچوں کے ڈھیر پر پیر رکھتا ہوا اس کے قریب آگیا۔ کمر کے موڑ سے بہت نیچے باندھی گئی ساڑھی اور بغیر آستین کے چست بلاؤز سے جھانکتے ہوئے بدن کو گھورتے ہوئے اس نے کہا۔ "کون سا شیمپو استعمال کرتی ہیں آپ" ریشمی بالوں کو اس نے چھولیا۔ دوسرا خنجر۔

"پلیز" اس نے احتجاج کیا۔

"آپ جیسی عورت اس لیے نہیں بنائی جاتی کہ اپنے حسن کو سینت سینت

کرر کھے۔ آپ یہ بہت اچھا کرتی ہیں کہ اپنے حسن کو ضیاء پاشیوں کو قید نہیں کر تیں "آفیسر کی نظریں اس کے بلاوز کے گریبان سے ابلتے ہوئے بدن کے جھاگ پر جم گئیں۔ زندگی میں پہلی بار اسے محسوس ہوا کہ وہ بہت ہی ناکافی لباس پہنتی ہے۔ شکاری کو لبھا کر قلانچیں بھرنے والی ہرنی کے فرار کی راہیں مسدود ہوتی جا رہی ہیں۔

خنجروں کی بوچھار۔۔۔ ہر خنجر پر وہ کانپ جاتی۔ پھر جلد ہی وہ جان گئی کہ وہ صرف خنجر پھینک رہا ہے۔ اس کا مقصد جسم میں خنجر پیوست کرنا نہیں بلکہ نشانہ بازی میں اپنی مہارت کی دھاک جمانا ہے۔

اچانک ہی آفیسر نے دونوں کندھوں پر ہاتھ رکھ کر اسے چومنا چاہا۔

"یہ کیا؟" اس نے غصیلی آواز میں کسمسا کر کہا۔

"کچھ بھی تو نہیں۔ آپ نے یقیناً عورت کی عصمت و عفت کے متعلق لکھی گئی عجیب و غریب غیر فطری کہانیاں نہیں پڑھی ہوں گی "

"اوہ پلیز" اس نے منت کی۔

"دیکھئے سمجھنے کی کوشش کیجئے۔ اس ٹینشن کو توڑنا بہت ضروری ہے جو ہم دونوں کے بیچ ہے۔ جب تک یہ تناؤ باقی رہے گا ہم دونوں ہی سکون سے سو نہیں سکیں گے۔ ہم دونوں ٹوٹ جائیں گے۔ کم از کم میں ٹوٹنا نہیں چاہتا۔ اس بے معنی رات کو معنی پہنانا چاہتا ہوں۔ خوف و دہشت کے ہیجانی تناؤ سے ذہن کو نجات دلانے کی یہی بہتر صورت ہے کہ آپ میری بات مان لیں۔ معمولی لڑکیوں کی طرح بے قوف نہ بنیئے۔ اور پھر کیا فرق پڑتا ہے۔ آپ تو شادی شدہ ہیں۔"

"شٹ اپ" اس نے ہاتھ جھٹک دیئے اور کھڑی ہو گئی۔

"آپ کی مرضی 'میں جبر نہیں کرنا چاہتا"۔

تب ہی فضا میں ایک نسوانی چیخ گونجی۔ کھڑکی کھول کر باہر جھانکنے کی اس میں ہمت نہ ہوئی۔ خنجر ختم ہو گئے۔ تختہ گھومتے گھومتے رک گیا۔ لڑکی تختے سے اتر آئی۔ تختے پر خنجروں سے بنا اس کا سراپا باقی رہ گیا تھا۔ لڑکی نے اطمینان کی سانس لی۔

"وہ باہر جانے کو مڑی تو آفیسر نے شائستگی سے کہا۔

"باہر کرفیو ہے۔ رات بہت ہو گئی ہے۔ کہاں جائیں گی آپ"

اس نے اپنا لباس برابر کرتے ہوئے آفیسر کی طرف حقارت سے دیکھا اور بنا کوئی جواب دیئے گیٹ تک آ گئی اسے محسوس ہوا جیسے وہ تار پر چلنے والی لڑکی ہے جس کا توازن برقرار رکھنا بے حد دشوار ہے۔ ہمت کر کے وہ سڑک پر آ گئی۔

"اے کون ہے چلو اندر!

اندھیرے میں گرج دار آواز گونجی۔ اس کا جی چاہا کہ دوڑتے ہوئے پولیس کے جوانوں تک پہنچ جائے اور اس آفیسر کی عزت کے پرخچے اڑا دے۔ اس کے اندر چھپی ہوئی ہرنی نے دیکھا۔ اس عفریت نے بہت سی ہرنیوں کا خون پیا ہے۔ اور اس عفریت کو ختم کرنے کے بہانے بہت سے محافظوں نے بھیڑیوں کی طرح ہرنیوں کا شکار کیا ہے۔

وہاں بہت سے بھیڑیئے دانت نکوسے کھڑے تھے۔ ایسے میں وہ اس کی بوٹیاں نوچ کر گولی مار سکتے ہیں۔ کرفیو کی خلاف ورزی کرنے پر گولی مار دینے کا حکم ہے۔ سارا الزام اسی عفریت پر تھوپا جا سکتا ہے۔

"اے۔ سنا نہیں۔۔۔ ایک قدم بھی آگے بڑھایا تو گولی مار دی جائے گی"۔

موت!

اس کی نظروں میں وہ نوجوان گھوم گیا جسے گولی مار کے گھسیٹتے ہوئے وین میں ڈال دیا گیا تھا۔

وہ ویسے ہی کھڑی رہی جیسے چوراہے پر نصب کردہ کوئی بت ہو۔ چند لمحے گذرے۔ ایک دھماکہ ہوا۔ اس کے پیروں کے قریب دھول اڑی۔ خوف کے سانپ نے اسے ڈس لیا۔ اس گولی نے فرار کی تمام راہیں مسدود کر دی تھیں۔ ہرنی بے بس ہو کر مڑی۔ تار پر چلنے والی لڑکی نے توازن کھو دیا اور جال پر گری۔

باہر خوف و دہشت کی فضا تھی۔ بربریت اور ظلم تھا۔ اس کرفیو کو توڑنے کی اس میں ہمت کہاں۔ ہاں وہ اپنے جسم کا کرفیو توڑ سکتی ہے۔ ایک راستہ تو اسے چننا ہی ہے۔

جھولے پر لٹکی ہوئی لڑکی جھولتی رہی۔ قریب ہی وہ مرد ہاتھ پھیلائے اسے تھامنے کی کوشش کر رہا تھا۔ جھولے پر لٹکتی ہوئی لڑکی نے سوچا کیا فرق پڑتا ہے۔ پرسکون پانی پر پتھر پھینکنے سے لمحے بھر کو لہریں بنتی ہیں۔ طوفان تو نہیں آتا۔ پھر پتہ بھی نہیں چلتا کہ پتھر کس جگہ پھینکا گیا تھا۔ پتھر تو گہرائی میں کہیں کھو جاتا ہے۔

جھولے پر لٹکتی ہوئی لڑکی نے مرد کے ہاتھ تھام لیے اور جھولا چھوڑ کر لٹک گئی۔ مرد فاتحانہ انداز میں پینگیں لینے لگا۔

جسم پر لگا کرفیو اٹھ گیا۔ آگ۔ فائر بریگیڈ کی گھنٹیاں پائپوں سے ابلتا ہوا پانی۔ دھواں۔ خون۔ پھر سکون!!

***

۷

چکرویو

دھرت راشٹر نے پوچھا۔

"اے سنجے مجھے بتاؤ اتنے سارے لوگ اپنے اپنے ہاتھوں میں ہتھیار اُٹھائے اس سرزمین پر کیا کر رہے ہیں؟"

سنجے جواب دیا۔

"اے دھرت راشٹر۔ وہ لوگ ایک جاتی کو نشٹ کر دینا چاہتے ہیں۔ انھیں صفحۂ ہستی سے مٹا دینا چاہتے ہیں"۔

"کیا ایسا ممکن ہے سنجے۔۔۔ کیا ایسا ممکن ہے؟ کیا ایسا کبھی ہوا تھا؟ کیا ایسا ہو سکتا ہے؟ کیا ایسا ہو گا؟"

"ایسا ہوتا ہے دھرت راشٹر۔ وہ سمجھتے ہیں وہی اس دھرتی کے پتر ہیں۔ دوسروں کو یہاں نہیں رہنا چاہئے۔ وہ اکثریت میں ہیں اس لئے وہ انھیں اور ان کی نشانیوں کو مٹا دینا چاہتے ہیں۔ اُنھوں نے پوری جاتی کو خوف زدہ کر دیا ہے۔ ذرا تصویر دیکھئے۔ کتنا خوف ہے اس کی آنکھوں میں۔۔۔ موت کا خوف۔۔۔ وہ کس طرح دونوں ہاتھ جوڑے زندگی کی بھیک مانگ رہا ہے"۔

"تصویر نہیں سنجے۔ ہمیں پورا منظر دکھاو"۔

"کون سا منظر دکھاؤں ؟ دھرت راشٹر۔ منظر ہی منظر ہیں۔ بلکتے بچوں کا منظر، آگ میں جلتے ہوئے جسم، تنوروں میں جلتے بدن، اپنی عصمت کا ماتم کرتی ہوئی عورتوں کا منظر، عبادت گاہوں کا ملبہ، خاک کا ڈھیر بنی عمارتیں، اُجڑے بازار، سڑتی ہوئی لاشیں۔۔۔ اُنھوں نے کسی کو نہیں چھوڑا دھرت راشٹر !نہ علاج کرنے والوں کو، نہ زخمیوں کی مدد کرنے والوں کو، نہ انصاف کرنے والوں کو اور نہ مزدوروں کو۔۔۔ آگ ہی آگ ہے۔۔۔ چاروں اور آگ ہے"۔

"ہاں ! میں وہ آگ دیکھ رہا ہوں۔ آگ جس نے سب کچھ نگل لیا ہے۔ میں آوازیں سن رہا ہوں۔ مارو، کاٹو، جلاؤ۔۔۔ ان میں خوف زدہ چیخیں اور بلکتی ہوئی آوازیں اور سسکیاں بھی ہیں، کیسا عجب سا شور ہے"۔

کرشن نے کہا تھا۔۔۔ اس جہنم کے تین دروازے ہیں۔ شہوت، غصہ اور طمع۔ یہ روح کو تباہ کر دیتے ہیں۔ یہی دروازے کھل گئے ہیں دھرت راشٹر !"

"سمئے کے ساتھ ساتھ پرمپرا بھی بدلتی ہے سنجے۔۔۔ ایک نیا اتہاس وجود میں آتا ہے"۔

"اے دھرت راشٹر۔۔۔ یہ منظر دیکھئے، اتہاس اس منظر کو جنم دینے والے کے بارے میں کیا لکھے گا۔ یہ تو آنے والا سمئے ہی بتائے گا۔ یہ شہر کی ایک خوب صورت کالونی ہے۔ یہاں سب اقلیتی فرقے کے افراد رہتے ہیں۔ ان میں ایک بہت عزت دار آدمی بھی ہے جو اقتدار کے ایوان میں بیٹھا کرتا تھا۔ اس آدمی نے انھیں یہاں مکانات بنانے اور یہاں رہنے کی ترغیب دی تھی۔ اطراف میں

اکثریتی فرقے کے لوگ رہتے ہیں۔ لیکن وہ سب شریف آدمی ہیں۔ انھیں یقین تھا کہ کسی بھی ناگہانی صورتحال میں وہ عزت دار آدمی انھیں بچالے گا۔ اپنا اثر ورسوخ استعمال کرے گا۔ سورج نکلنے کے بعد سے وہ پریشان ہیں۔ صبح ایک ذمہ دار محافظ عزت دار آدمی کے گھر آتا ہے۔ کچھ اس کے ساتھی بھی ہیں۔ وہ اسے تیقن دیتے ہیں کہ وہ محافظوں کو بھیج دیں گے۔ ان کی مکمل حفاظت کی جائے گی۔ اس کے چہرے پر اطمینان ہے لیکن اِن لوگوں کو گئے ہوئے پانچ منٹ بھی نہیں ہوئے کہ ایک روٹی کی دکان اور تین پہیوں کی ایک سواری جلادی گئی۔ آدھا گھنٹہ بعد پتھر پھینکے جانے لگے۔ تمام مکین سہم کر عزت دار آدمی کے گھر جمع ہوگئے۔ عزت دار آدمی کی اُنگلیاں مسلسل حرکت میں ہیں۔ وہ کوئی نمبر بار بار ملا رہا ہے یا کئی نمبر ملا رہا ہے۔ لیکن کوئی نمبر نہیں ملتا۔ ایک اضطرابی کیفیت ہے۔ بے چینی ہے، محافظوں کا دور دور تک پتہ نہیں۔ وہاں ایک ہی مکان دوسرے فرقے کا ہے۔ اُنھوں نے اپنا گھر ہجوم کے حوالے کر دیا ہے۔ اب گھروں پر سنگ باری زیادہ آسان ہے۔ عقبی حصے سے بھی پتھر، ایسڈ بلب، کیروسین کی بوتلیں، پٹرول بم پھینکے جارہے ہیں۔ سورج سر پر آگیا ہے۔ ہجوم ایک شخص کو گھیرے ہوئے ہے۔ پتہ نہیں وہ وہاں کیسے پھنس گیا۔ وہ اس پر جھپٹے۔ تلوار چمکی، اس کا جسم تین ٹکڑوں میں کٹ گیا۔ جئے۔۔۔ ان کے نعرے میں جوش ہے۔

آگ کا ایک الاؤ بہت پہلے ہی تیار کر لیا گیا ہے۔ جسم کے وہ ٹکڑے آگ میں جھونک دیئے گئے۔

چر۔۔۔ چر۔۔۔ چر۔۔۔ تازہ گوشت کے جلنے سے عجیب سی بو پھیل گئی۔

آگ، شعلے، دھواں، جلتے گوشت کی بو، پتھروں کی بارش۔۔۔ عجیب خوف ناک فضا ہے۔ عزت دار آدمی اور دوسرے خوف زدہ ہیں۔ ان کی کالونی کا مضبوط آہنی گیٹ ہجوم نے توڑ دیا۔

"گھس جاؤ۔۔۔" ہجوم نے حلق پھاڑ کے آواز لگائی۔

عزت دار آدمی کی اُنگلیاں درد کرنے لگیں لیکن کہیں رابطہ قائم نہیں ہوا۔ سارے نمبر بے معنی ہو گئے ہیں۔ انگلیاں شل ہو گئیں ہیں۔ تمام اعضاء شل ہوتے جارہے ہیں۔ وہ سب اس کی طرف دیکھ رہے ہیں۔ ان کی آنکھوں میں مایوسی اور بے بسی اُتر آئی تھی۔ جلتے ہوئے آگ کے گولے اور پتھر اِن کی چھتوں اور دیواروں سے ٹکرا رہے تھے۔ وہ ایک اور شکار پکڑ لائے۔۔۔ تلواریں اُٹھیں اور جسم ٹکڑوں میں بکھر گیا۔ گوشت کے ٹکڑے آگ میں پھینک دیئے گئے۔

وہی بو سارے ماحول میں پھیل گئی، موت کی بو، فنا کی بو۔۔۔ بو بھی کتنی وحشت ناک ہوتی ہے۔

سورج عروج پر پہنچ کر ڈھلوان میں اُتر رہا تھا۔۔۔ اب وہ ان کے گھروں تک پہنچ گئے ہیں۔ سروں کا ایک لامتناہی سلسلہ ہے۔ تلواریں، گپتیاں، لاٹھیاں۔۔۔ گھروں کے دروازے ٹوٹنے لگے ہیں۔ عورتوں کو محفوظ کمروں میں چھپادیا گیا ہے۔ مرد آنے والے خطرہ سے خوف زدہ بے چینی سے ٹہل رہے ہیں۔ اچانک وہ گھس پڑے اور مردوں کو بڑی بے دردی سے کھینچا جارہا ہے۔۔۔ ہجوم اِن کے ٹکڑے کر رہا ہے۔

فضا میں نعرے گونج رہے ہیں

بے رحمی، سفاکی، آنکھوں میں خون، خوف زدہ چیخیں، بے بس خاموشی، بے عزتی۔۔۔ عورتوں کے لباس ریزہ ریزہ ہوئے۔ عصمتیں تار تار ہوئیں، شفاف جسم داغ دار ہوئے، وہ جسم جن کی جھلک بھی کسی نے نہ دیکھی تھی، انھیں سڑکوں پر بھنبھوڑا جا رہا ہے۔ آہ و بکا، چیخیں، آنسو، جسم ہوس کا ساتھ نہیں دے پا رہے ہیں، جھلاہٹ، جسم کے ٹکڑے ٹکڑے پھر آگ۔

چر۔۔۔ چر۔۔۔ چر۔۔۔ وہی عجیب سی وحشت ناک بو۔

تیسرا پہر۔ کوئی محافظ نہیں آیا۔ سورج نیچے آ گیا ہے۔ بالآخر عزت دار آدمی تک وہ پہنچ گئے۔ وہی ان کا اصل شکار ہے۔ وہ بری طرح ٹوٹ پڑے۔ اسے دھکے مار کے باہر نکالا گیا۔۔۔ اسے بے لباس کرنے میں چند لمحے لگے۔ وہ مادر زاد برہنہ ہو گیا۔ وہ چیخ چیخ کر اس سے مطالبہ کرنے لگے۔

وہ مخصوص الفاظ کہلوانا چاہتے تھے لیکن..... اس کی زبان گنگ تھی۔

"بول۔۔۔ جئے شری رام۔۔۔ بول۔۔۔" وہ چپ رہا۔

ان کا اصرار بڑھتا جا رہا تھا۔ لیکن اس کی زبان پر تالے پڑے تھے۔ جھلا کر اُنھوں نے اسے تھپڑ اور گھونسے لگائے۔ لاتوں سے مارا۔ پھر ایک ہتھیار چمکا۔ اس کے ہاتھوں کی اُنگلیاں کاٹ دی گئیں۔ انگلیاں جن کے سہارے وہ نمبر گھما کر مدد مانگ رہا تھا۔ تحفظ چاہتا تھا۔ خون تیزی سے بہنے لگا۔

"بول۔۔۔ بول۔۔۔" مغلظات کا طوفان اُبل پڑا۔۔۔ اس کے جسم کو جگہ جگہ سے زخمی کیا گیا۔ اس کے پورے بدن سے خون بہنے لگا۔ جسم سے ٹپکتا خون۔ بے لباس بدن۔۔۔ اس کے پیروں کے اگلے حصے کاٹ دیئے گئے۔ وہ بار بار گرتا

رہا۔ جب وہ بالکل چلنے کے قابل نہیں رہا تو ایک طرف لڑھک گیا۔ تب ایک تیز دھار والا ہتھیار اس کی گردن میں دھنسا دیا گیا۔ اسے نجات مل گئی۔ اس کے جسم کو گھسیٹ کر درمیان میں لایا گیا۔ اس کے جسم کے تین ٹکڑے کئے گئے اور پھر آگ کا

الاؤ

چر۔۔۔ چر۔۔۔ چر۔۔۔ وہی بو۔۔۔ انسانی گوشت کے جلنے کی بو۔۔۔

"دیکھا دھرت راشٹر؟"

"ہاں۔۔۔ دیکھا۔۔۔ ایسا بالکل پہلی بار دیکھا ہے۔"

"اے دھرت راشٹر اب آپ کیا کریں گے؟"

"میں تو مکھوٹے بدلتا رہتا ہوں سنجے۔۔۔ پتہ نہیں کون سا مکھوٹا لگانا پڑے"

"اے دھرت راشٹر کرشن۔۔۔ کرشن نے ارجن سے کہا تھا۔۔۔ اے بھارت! تمام جان دار آغاز میں نامعلوم، درمیان میں معلوم اور مرنے کے بعد پھر نامعلوم ہوتے ہیں۔ جب سب کی حالت ایسی ہے تو افسوس کس بات کا ہے؟"

"دھرت راشٹر ایک بہت ہی انوکھا منظر ہے۔ نہ ماضی میں ایسا کوئی منظر دیکھا، نہ حال میں۔ مستقبل۔۔۔ مستقبل کس نے دیکھا ہے۔ ایسا منظر دھرت راشٹر کہ ردر، وسو، سادھیہ، آدتیہ، وشو، اشون، مروت، اشمپ، گندھر، یکھش، سدھ امور، سب متحیر ہیں۔ سارے بھگوان حیرت زدہ ہیں۔ دیوتاؤں نے ایشور سے کہا تھا وہ منش کو نہ بنائے، وہ ہنگامہ کرے گا۔ لیکن اتنا ہنگامہ کرے گا یہ شاید دیوتا بھی نہیں جانتے تھے۔۔۔"

"کیا ہو سنجے۔۔۔؟"

"اے دھرت راشٹر۔۔۔ یہ غریبوں کی بستی ہے۔ یہاں بھی ہجوم ہے۔ ان کے ہاتھوں میں ہتھیار ہیں۔ ان کے ساتھ محافظ بھی ہیں۔ جو انھیں روک نہیں رہے بلکہ ان کی مدد کر رہے ہیں۔ وہی نعرے۔۔۔ ویسا ہی شور۔۔۔ آگ کا الاؤ روشن ہے۔ یہاں ایک عبادت گاہ بھی ہے، پچھڑی جاتی کے یہ لوگ عبادت کرتے ہیں۔ دیکھتے ہی دیکھتے عبادت گاہ مٹی کے ڈھیر میں تبدیل ہوگئی۔ مقدس کتاب کے صفحات بکھرے ہوئے ہیں۔ ایشور کی شکل بدل دی گئی۔ دیکھئے دھرت راشٹر وہ کتنی مہارت سے ایک ہی وار میں ٹکڑے کرتے ہیں۔ عورتوں کو بے لباس کرتے ہیں۔ بے بس عورتوں کو جہنم میں ڈھکیل رہے ہیں۔ ننگا کھیل جاری ہے۔ ایک کے بعد ایک مردانگی کا ثبوت دے رہے ہیں۔ پوری بستی ڈھیر ہوتی جارہی ہے۔ آگ اور دھواں ہے۔ یہ منظر دیکھئے دھرت راشٹر۔ میں اسی منظر کی بات کر رہا ہوں"۔

"سنجے وہ تو گربھ وتی ہے، پورے نو مہینے کی گربھ وتی"۔

"ہاں دھرت راشٹر۔ وہ اسی عبادت گاہ کے سامنے والے مکان میں رہتی ہے۔۔۔ وہ کتنا گھگھیا رہی ہے۔ اسے چلنا کتنا دوبھر ہو رہا ہے۔ اسے بے لباس کیا جارہا ہے۔۔۔"

"اوہ۔۔۔ وہ مر جائے گی سنجے"۔ دھرت راشٹر بے چین ہوگئے۔

"مرنا تو اس کا مقدر ہے۔ دھرت راشٹر۔۔۔! لیکن یہ کیسی موت ہے۔ وہ سب اس پر پل پڑے ہیں۔ وہ ہاتھ جوڑے بھیک مانگ رہی ہے۔ وہ بے دم ہوگئی ہے۔ بالکل بے جان۔۔۔ جگہ جگہ سے خون رس رہا ہے۔ اچانک وہ راکشس تلوار لے کر آگے بڑھا۔ وہ دیکھئے۔ کتنی مہارت سے اس نے گربھ وتی کا پیٹ چیرا

ہے۔۔۔ دھرت راشٹر! بچہ باہر نکل آیا ہے، بچہ زندہ ہے۔ زندہ ہے وہ۔۔۔ دھرت راشٹر یہ کیسا جنم ہے۔ ابھی ماں کے جسم کو داغ دار کیا گیا۔ لیکن بچہ کیسا بے داغ اور شفاف ہے"۔

"وہ اس کا کیا کریں گے سنجے۔۔۔ کیا ہو گا اس کا"۔

"دیکھئے۔۔۔ اس نے بچے کو آگ میں اُچھال دیا ہے۔۔۔ کتنی مختصر زندگی ہے دھرت راشٹر آگ میں جلنے والا سب سے کم عمر آدمی۔۔۔ بس ایک لمحہ اس نے زندگی جی لی۔ اب اُنھوں نے ماں کے بھی ٹکڑے کر دیئے۔۔۔ اچھا ہی کیا۔۔۔ وہ تو ویسے ہی مر گئی تھی۔۔۔ ظلم کی تاریخ میں ایک نئے پنے کا اضافہ ہوا ہے گرو دیو۔۔۔

"۔۔۔ آپ کی آنکھوں میں آنسو۔۔۔ دھرت راشٹر"۔

"ہاں سنجے۔۔۔ کبھی کبھی ایسا بھی ہوتا ہے۔ میں تو سب کے لئے ہوں۔ سب کے لئے۔۔۔"

"پرہلاد کے لئے آگ گلزار بن گئی تھی دھرت راشٹر۔۔۔ کیا معصوم کے لئے بھی؟"

"پتہ نہیں سنجے۔۔۔ اس یگ میں ایسا کچھ نہیں ہوتا۔۔۔"

"پھر آپ کیا کچھ کریں گے؟"

"میں کیا کر سکتا ہوں۔ میں حالات کے مطابق اپنا مکھوٹا بدل لیتا ہوں۔ جب بھائی کے مقابلے میں راج پاٹھ سے محروم کیا گیا تب بھی میں نے کچھ نہیں کیا۔ راج پاٹھ ملا تو میں نے مکھوٹا بدل لیا۔ میں شکونی کی سازش کو روک سکا نہ دروپدی کے وستر

ہرن کو۔۔۔ تواِن استریوں کے وستر ہرن کو کیا روک سکتا ہوں۔ میں دریودھن کو روک سکا نہ یدھ کو روک سکا۔ میں نہ تو رتھ یاترا روک سکا، نہ عبادت گاہ کو مسمار کرنے سے روک سکا۔ میں تو خاموش تماشائی ہوں۔ تماشا بھی تمہارے ذریعے دیکھتا ہوں"۔

"آپ کس طرف ہیں دھرت راشٹر ؟"

"میں تو ہمیشہ اکثریت کی طرف رہا۔ چاہے اُنھوں نے کتنا ہی انیائے کیا ہو"۔

"دھرتی کے اس ٹکڑے پر آپ نے جن کو راج کرنے بھیجا تھا اس موذی نے راکھشس کا روپ دھارن کرلیا ہے۔ اس نے چن چن کر ایک ہی جاتی کے لوگوں کو ختم کروایا ہے"۔

"ہم اس سے کہیں گے کہ وہ دھرم راج کرے، دھرم راج۔۔۔"

"دھرت راشٹر ! کرشن نے کہا تھا۔۔۔ تکبر، طاقت، اُکھڑپن، شہوت اور غضب کے بندے ہو کر یہ کینہ پرور اپنا بُرا کرتے ہیں۔ اس لئے کہ میں ہی سب میں موجود ہوں"۔

"تم بار بار کرشن کا ذکر کیوں کر رہے ہو۔ کیا کرشن پیدا ہو گیا؟"

"اس یگ میں ایسا کچھ ہونے والا نہیں ہے۔ دھرت راشٹر۔ یہ آپ نے ہی کہا ہے"۔

"سنجے یہ کیسا شور ہے"۔

"کچھ لوگ ہیں جو شور مچا رہے ہیں۔ اُنھوں نے بھی وہ سارے منظر دیکھے ہیں"۔

"پھر وہ شور کیوں کر رہے ہیں؟"

"اس لئے دھرت راشٹر کہ ان کے اندر انسان زندہ ہے۔۔۔ اب لفظ تصویر بن جاتے ہیں اور تصویریں گھر گھر پہنچ جاتی ہیں۔ ظلم کو چھپانا اب ممکن نہیں"۔

"لیکن شور تو ہمارے درباری کر رہے ہیں۔ وہ بھی جنھوں نے ہمارا سنگھاسن اپنے کندھوں پر اُٹھائے رکھا ہے"۔

"ہاں دھرت راشٹر۔۔۔ وہ بھی انسان کا مکھوٹا لگانا چاہتے ہیں"۔

"تو کیا وہ ہمارا سنگھاسن گرادیں گے؟"

"آپ دربار لگائیں دھرت راشٹر"۔

دربار لگا۔ باہر کی آوازیں سچی تھیں۔ لیکن دربار کے اندر چیخنے والوں کی نظر سنگھاسن پر تھی۔۔۔ بار بار اس گربھ وتی اور بچے کی دہائی دی جارہی تھی۔ شور بڑھتا جارہا تھا۔ جب شور بہت بڑھ گیا تو اس راکھشس نے جس کا خمیر سور کی لید سے اُٹھا تھا اور جسے دھرت راشٹر نے سپاہیوں کا محافظ بنایا تھا اور جو اِن کے وستر اور ہتھیار بیچ بیچ کر اپنا گھر بھر رہا تھا۔ اس نے اونچی آواز میں کہا "یہ کوئی نئی بات نہیں ہے۔ ایسا یگ یگ سے ہوتا آیا ہے"۔ سب کانپ گئے اور دربار میں سناٹا چھا گیا۔

اتہاس لکھنے والے نے اس سارے واقعے کو اسطرح قلم بند کیا ہے۔

"اس یگ کی شناخت ہٹ دھرمی، بے حیائی اور بے ضمیری ہے"۔

سنجے اس بار بھی ہم جیت گئے۔ ہمارا مکھوٹا کام آیا۔ تم جانتے ہو ایسا کیوں ہوا؟ دھرت راشٹر نے ٹھنڈی سانس بھر کے کہا۔

"ہاں دھرت راشٹر۔۔۔ ان میں کوئی ارجن کوئی کرشن نہیں ہے۔۔۔ جو چیخ

رہے ہیں وہ ڈھونگ ہے جو مظلوم ہیں ان کی آوازیں حلق میں پھنسی ہوئی ہیں۔ جو واقعی ایمان دار ہیں اُن کا آپ کے دربار میں داخلہ بند ہے۔

"چلو یہ مرحلہ بھی طے ہوا۔۔۔ ہم نے مکھوٹا بدل کر حالات پر افسوس بھی کیا یہ بھی کہا کہ ایسا دوبارہ نہ ہونے پائے۔ ہم نے خزانے سے بہت سا دھن دینے کا بھی وعدہ کیا ہے۔ اب چیخنے والوں کی آوازیں مدھم پڑ جائیں گی"۔

"آپ دوبارہ ایسا ہونے سے روک نہیں پائیں گے، وہ موذی ان تک دھن پہنچنے نہیں دے گا، کئی راکھشس منہ کھولے کھڑے ہیں۔ ہاں چیخنے والوں کی آوازیں مدھم ضرور پڑ جائیں گی"۔

"سنجے ہمیں ذرا وہ منظر دوبارہ دکھانا۔۔۔ ان کے خوف زدہ چہروں اور بے بس آنکھوں کو دیکھ کر ہمیں ہمارا بھوش روشن دکھائی دیتا ہے"۔

دیکھئے دھرت راشٹر وہ سب آسماں کے نیچے بیٹھے ہیں۔ آگ نے ان کا سب کچھ جلا دیا ہے۔ وہ سڑی ہوئی لاشوں کو، بے چہرہ جسموں کو مٹی میں دبا آئے ہیں۔ وہ اپنوں کے لئے رو چکے۔ زندگی سوال بن کر کھڑی ہے۔"

"لیکن سنجے"۔ دھرت راشٹر بری طرح چونکے "ان کے ہونٹوں پر مسکراہٹ کیسی؟"

"دیکھئے اِدھر دیکھئے۔۔۔ زمین پر۔۔۔ ان ننھے بچوں کو دیکھئے جو کھلے آسمان تلے ابھی ابھی خاک سے نکلے ہیں۔ زندگی نے دوبارہ جنم لیا ہے۔ زندگی کے اس سچے روپ نے ان کے ہونٹوں پر مسکراہٹ بکھیر دی ہے گرودیو۔"

"یہ بچے؟" دھرت راشٹر بے چین ہوگئے۔۔۔ ہر خوف سے بے نیاز مسکراتے

چہرے جیسے اِنھیں چڑا رہے ہوں۔

"زندگی کو ختم کرنا بہت مشکل ہے دھرت راشٹر۔ زندگی کی جڑیں بہت گہری ہوتی ہیں۔ کبھی سب کچھ ختم نہیں ہوتا۔ کہیں کچھ بچ رہتا ہے۔ جو بچ جاتا ہے وہی نجات کا مژدہ لے کر آتا ہے۔۔۔" سنجے نے کہا۔

دھرت راشٹر نے چپ سادھ لی وہ بہت تھک گئے تھے۔

٭٭٭

۸

سانسوں کے درمیان

وہ عجیب سی ذہنی حالت میں جی رہا تھا۔

ایسی حالت جس میں وہ معمول کے مطابق ہر عمل کر رہا تھا لیکن وہ عمل اس کی یادداشت کا حصہ نہیں بن رہا تھا۔ خواب خواب کیفیت، جیسے بہت زیادہ نشے میں ہو سب کچھ یاد رہتا ہے لیکن کہیں کہیں درمیانی کڑیاں غائب ہو جاتی ہیں۔ سب کچھ نظر آتا ہے لیکن دھندلا دھندلا۔۔۔ وہ گفتگو بھی کرتا تھا۔ جواب بھی سنتا تھا لیکن الفاظ گہرے کنویں میں گرتے جاتے اور آواز اندر سے آتی مبہم مبہم سی۔۔۔ وہ چلتا تھا لیکن جیسے زمین سے دو اِنچ اوپر چل رہا ہو۔۔۔

وہ آفس میں بیٹھا کسی اہم فائیل سے جھونجھ رہا تھا۔ سپرنٹنڈنٹ نے بتایا کہ اس کا فون ہے۔ اس فون کو سننے کے بعد وہ اس کیفیت میں پہنچ گیا تھا ایک عجیب سے زون میں !

دو باتیں پورے حواس پر غالب تھیں۔

ابا پر دورہ پڑا ہے۔ وہ شہر کے سب سے بڑے سوپر اسپیشالیٹی ہاسپٹل کے ICU میں ہیں۔ وہ ہسپتال پہنچا۔ دھندلے دھندلے چہرے، جانی پہچانی آوازیں،

تسلیاں، دلاسے، وارڈ بوائز، نرسیں، لفٹ۔۔۔ آئی سی یو کا دروازہ، دربان، ابا کی بند آنکھیں۔ ناک میں نلیاں، آکسیجن، ماسک، گلوکوز، ڈسپوزیبل انجکشن، گلاوزیس، ای سی جی کے مشین کے اسکرین پر دوڑتی ہوئی تیڑھی میڑھی لکیریں۔ نبض کی رفتار بتانے والے ڈوبتے اُبھرتے ہندسے۔۔۔ پھر ماضی کی مٹی مٹی سے تصویریں۔۔۔ ہر تصویر ابا کے کلوز اپ پر ختم ہوتی۔ کلوز اپ بڑھتے بڑھتے صرف آنکھیں رہ جاتیں، بند آنکھیں۔۔۔!!

پھر ابا نے آنکھیں کھولیں اور آنکھوں نے اسے پہچانا بھی۔ آنکھیں کھلتے ہی منظر واضح ہونے لگا۔ الفاظ کنویں سے باہر آئے۔ آوازیں صاف سنائی دینے لگیں، ابہام کی تہیں کھلیں۔ لفظوں سے جملے بنے۔۔۔ اس کے پیر زمین سے لگے۔ پیروں کے نیچے بڑا خوب صورت فرش تھا۔ ٹھنڈا۔۔۔!! اب سب کچھ فوکس میں تھا۔۔۔ وہ کمرہ بہت خوب صورت تھا خوب صورت بیڈ تھا۔ جس پر ابا لیٹے تھے۔ سفید چادر، نرم تکیے، ابا کا وجود اب بھی نلکیوں سے جڑا ہوا تھا، آنکھیں بند تھیں۔ ایک طرف ایک خوب صورت تخت بچھا ہوا تھا۔ ایک گوشے میں ٹی وی رکھا تھا۔ ایک بالکنی جیسا حصہ تھا جس میں بید کی کرسیاں رکھی ہوئی تھیں۔ شیشے کی ٹیبل پر تازہ پھولوں بھرا گلدستہ۔۔۔ شان دار پردے، ایر کنڈیشنر، اٹیچڈ باتھ روم، شاور، گیزر، ٹائلز۔۔۔! اس پورے کمرے میں اگر کوئی شے بے تکی تھی اور کمرے کے ساز و سامان کے ساتھ میل نہیں کھا رہی تھی تو وہ ان دونوں کے وجود تھے۔ وہ اور اس کی بیوی !! معمولی سے میلے کچیلے کپڑے، پرانی سستی گھسی ہوئی چپلیں۔۔۔ اُلجھے ہوئے بال، ستے ہوئے چہرے۔ اس نے کمرے کو دیکھا۔

"ہم یہاں کیسے آ گئے۔۔۔" اس نے بیوی سے پوچھا۔

"ICU سے بابا کو یہاں منتقل کیا گیا، پیئنگ روم میں"۔ اس کی بیوی نے حیرت سے کہا۔

"پیئنگ روم میں!"

اس کا ہاتھ بے اختیار اپنی جیب کی طرف گیا۔ کافی اچھی رقم جیب میں موجود تھی۔

دھند چھٹ گئی تو کئی چہرے واضح ہوئے، اس کی بہن کا چہرہ، بھانجے کا چہرہ، دوست کا چہرہ۔۔۔ چھوٹے بھائی کا چہرہ جو ریاض میں رہتا ہے۔۔۔ ٹیلی فون، دستک، ہنڈی والا۔۔۔ نوٹوں کے بنڈل۔۔۔ تب ہی تو سوپر اسپیشالیٹی ہاسپٹل، ICU اور ابا نے آنکھیں کھولیں۔۔۔ اس کے پیر بھی زمین سے لگے ورنہ۔۔۔؟

اس نے کمرے میں لگے آئینے میں خود کو دیکھا۔۔۔ وہ تو یہاں کے تیسرے درجے کے ملازم سے بھی بدتر لگ رہا تھا۔ اسے بڑی شرم محسوس ہوئی۔۔۔ اب تو ابا خطرے سے باہر آ گئے ہیں۔ اپنی بیوی سے کچھ کہے بغیر وہ نیچے گیا۔ پہلی بار اس نے ہسپتال کی لابی کو غور سے دیکھا۔ حالانکہ وہ ان تین دنوں میں کتنی بار یہاں سے گزرا تھا۔ لیکن اس کا وجود زمین سے دو انچ اوپر تھا۔۔۔ کیا شاندار ہال تھا۔ چھت سے لٹکا ہوا خوبصورت شینڈلیر، چکنا فرش۔۔۔ صوفے۔۔۔ خوب صورت لڑکیاں اور خوب رو لڑکے مختلف کاؤنٹرس پر بیٹھے تھے بالکل کسی فائیو اسٹار ہوٹل کی طرح۔۔۔ وہ باہر نکل آیا۔ شیو بنوایا۔۔۔ کچھ ڈھنگ کے کپڑے ضروری ہیں۔۔۔ کتنا بُرا لگ رہا ہے، وہ ہسپتال وہ کمرہ۔۔۔ اپنے لیے ایک کرتا پاجامہ خریدنے کے لیے دکان میں

گھسا تو ایک اچھی سی شرٹ اور پینٹ بھی دکاندار نے پیاک کر دیئے۔ ایک اچھی سی چپل خریدی۔ بیوی کی چپلیں بھی گِھس گئی تھیں اس کے لیے بھی چپل خریدی۔ ایک اچھی سی میکسی اس کا بھی بھرم رکھ سکتی ہے۔ یہ سب کر کے وہ جلد ہی واپس آگیا۔ پتہ نہیں کب اس کی ضرورت پڑ جائے۔ ابا سکون سے سو رہے تھے۔ پہلے وہ نہانا چاہتا تھا۔ باتھ روم دیکھ کر اسے گدگدی سی ہونے لگی۔ اس نے گیزر آن کیا۔ پہلی بار اسنے خود کو آئینے میں بے لباس دیکھا تھا۔ زمین پر بھیجا ہوا آدم، شاور کھولا۔ نیم گرم پانی کی بوندیں ایک بے آواز آہنگ پیدا کر رہی تھیں۔ اوپر تک یہ آہنگ پہنچا۔ ایک تصویر بنی۔ پتہ نہیں کب سے یہ لاشعور میں آکر چھپ گئی تھی کوئی میگزین، کوئی فلم کا منظر۔۔۔ ایک مرد اور ایک عورت شاور کے نیچے بے لباس نہا رہے تھے۔ اسی دھندلی سی کیفیت میں اس نے کمرے میں موجود عورت کو آواز دی۔ بڑے پس وپیش کے بعد وہ تصویر بن پائی۔ شاور کی پھوار کے نیچے دو بے لباس بدن۔۔۔ اس عورت کے بدن میں کتنا کساؤ ہے۔ وہ کسی کی موجودگی کا خوف بھی دلا رہی تھی۔ مزاحمت بھی کر رہی تھی اس کی بیوی تو ایک دم سرینڈر ہو جایا کرتی ہے۔ اس پر وہی کیفیت طاری ہونے لگی۔ وہ اس زون میں پہنچ گیا۔ لفظ کنویں میں گرتے جا رہے تھے۔ سرگوشیاں گونج میں تبدیل ہو رہی تھیں۔ اس کا وجود زمین سے اوپر اُٹھ گیا تھا۔ اس دھندلی فضا میں ایک عورت کا بدن تھا، صرف بدن۔۔۔ اسی کیفیت میں بھیگے جسموں کے ساتھ وہ تخت پر گر گئے۔۔۔ طوفان تھما تو پیر زمین سے لگے۔ اس نے اپنی بیوی کو چادر سے ڈھک دیا خود باتھ روم میں گھس گیا۔ آہستہ آہستہ اپنی دنیا میں لوٹنے لگا۔ اسے احساس ہوا کہ لوگ ہنی مون کیوں مناتے ہیں۔

کتنے عرصے بعد آج وہ ایک حقیقت تک پہنچا تھا۔ کتنے راز عیاں ہوئے تھے۔ کتنے زاویوں سے باخبر ہوا تھا۔ کتنی پرتیں اس نے ہٹالی تھیں۔ یہ لمحے اس کی زندگی میں نہ آتے تو اس کا اپنا سب کچھ اس چھوٹے سے کمرے کی تاریکی میں دفن ہو کر رہ جاتا۔ اچھا ہوا کہ اس پورے عمل میں ابّا بیدار نہیں ہوئے۔ وہ خوف سے کانپ گیا۔ نہا کر اس نے نیا کرتا پاجامہ پہنا ابّا کے پاس جاکر بیٹھ گیا۔ وہ سکون سے سو رہے تھے۔۔۔ مشین پر بنتی لکیروں کی لہروں میں تناسب تھا۔ وہ خود کو ہلکا پھلکا محسوس کرنے لگا۔ ایک نئ قسم کی سرشاری تھی۔ اس کی بیوی بھی نہا کر آگئ۔ نئ میکسی پر بہت بچ رہی تھی۔ اس نے بیوی کو قریب بلایا۔ ایک ہلکا سا بوسہ !!

"اگر ابّا کی آنکھ کھل جاتی تو؟" اس کی بیوی نے شرماتے ہوئے کہا۔

وہ ہنسنے لگا۔۔۔ "آپ پر تو جیسے کوئی بھوت سوار ہو گیا تھا"۔ اس کی بیوی نے شکایت بھرے لہجے میں کہا۔

"تم بیٹھو یہاں میں چائے کے لیے کہہ آتا ہوں۔۔۔"

اس نے باہر نکل کر انچارج نرس سے پوچھا۔ اس نے کہا کہ وہ فون پر کینٹین کا نمبر ملا کر آرڈر کر دے۔ اس نے یہی کیا۔۔۔ پوراٹی پاٹ آگیا۔ ڈکاکشن، دودھ، چینی۔۔۔ اس نے دو پیالی چائے پی۔۔۔ تھوڑی دیر بعد بیرہ بل لے آیا۔ اس نے پیسہ دینا چاہا تو بیرے نے کہا وہ صرف سائین کر دے حساب بعد میں ہو گا۔۔۔

شام ہو رہی تھی، وزیٹرس ٹائم شروع ہونے والا تھا۔ اس نے اپنی بیوی سے کہا کہ اس سے قبل کہ بچے یہاں آجائیں وہ گھر جائے گا۔ بچوں کا حلیہ درست کرنا ضروری تھا۔۔۔ وہ بچوں کو بازار لے گیا۔ صرف عیدوں کے موقع پر یا خاندان میں

کوئی اہم شادی ہو تو وہ کپڑے خریدتے تھے۔ بچوں کو حیرت ہوئی۔ ایک اچھی سی ریڈی میڈ کپڑوں کی دکان پہنچ کر اس نے بچوں سے کہا کہ وہ اپنے لیے کپڑے پسند کریں۔ اس کی بیٹی نے جھجکتے ہوئے کہا وہ جینس اور ٹی شرٹ خریدے گی۔ کیا ہرج ہے اس نے سوچا کالج کی سبھی لڑکیاں پہنتی ہیں۔ ٹی شرٹ اگر لمبی ہو تو دائرے اور زاویے بھی نہیں بن پاتے۔ اس نے منع نہیں کیا۔۔۔ لڑکے نے بھی دو اچھے جوڑے پسند کیے۔ ڈھنگ کے جوتے خریدے۔ بیٹی نے لڑکیوں کی اور کئی چھوٹی موٹی چیزیں خریدیں، وہ بے نیازی سے بل ادا کرتا رہا۔ قریبی بیکری میں بچوں کو پزا کھلایا خود برگر پر اکتفا کیا، کول ڈرنک۔۔۔! بچے کتنے خوش تھے۔

جب وہ دواخانہ آیا تو بیوی نے بتایا سبھی آئے تھے وقت ختم ہونے تک بیٹھے رہے ڈاکٹر بھی راؤنڈ پر آیا تھا۔

"کتنے دن رہنا پڑے گا؟"

"دو تین دن لگ جائیں گے" بیوی نے کہا اس نے اطمینان کی سانس لی۔۔۔

بیوی نے بتایا کہ وزٹینگ آور میں کیا خوبصورت اور اونچے گھرانوں کے لوگ آتے ہیں۔۔۔ پھلوں کی ٹوکریاں اور بکے لیے ہوئے۔۔۔

رات دیر گئے تک وہ ٹی وی دیکھتا رہا۔ آواز اس نے بالکل کم کر دی تھی۔ زندگی میں کبھی فرصت ہی نہیں ملی کہ چین سے ٹی وی دیکھتا۔ کیا کیا چیانلس تھے، کیا قیامتیں تھیں۔۔۔ بار بار اس کا وجود زمین سے اوپر اُٹھنے لگتا۔ یہ مغربی لڑکیاں، اخروٹی بال، درازقد، متناسب الاعضاء۔۔۔ جسم دکھانے کے فن سے واقف، میوزک چیانل، فیشن چیانل۔۔۔ کمرے میں موجود عورت اس کے شانے پر سر

ٹکائے اس کے ساتھ بیٹھی تھی۔۔۔ بہت رات ہونے کے بعد وہ سوئے۔۔۔ رات بھر وہ ان حسیناؤں کو اس عورت میں تلاش کرتا رہا۔

صبح دستک پر جاگا۔ اس نے بیوی کا بدن چادر سے ڈھانک دیا۔ نرس تھی۔ نرس نے ٹمپریچر لیا۔ بلڈ پریشر چیک کیا۔ پھر صفائی کرنے والے آئے۔۔۔ ہاؤز کیپنگ والے آئے۔ چادریں بدل دی گئیں۔۔۔ دونوں نہا کر تیار ہو گئے۔ ابّا بھی آنکھیں کھولے بیٹھے تھے۔ بات ابھی بھی نہیں کر رہے تھے۔ اس نے ناشتے کا آرڈر دیا۔ ڈاکٹر بھی راؤنڈ پر آیا۔ اس نے دفتری انگلش میں ابّا کی حالت پوچھی۔ تشویش کی کوئی بات نہیں تھی سب کچھ ٹھیک ٹھاک تھا۔ ڈاکٹر نے بتایا کہ دو تین دن تو ابزرویشن میں رکھنا ضروری ہے۔ ڈاکٹر کے جانے کے بعد بیوی نے کہا کچھ پیسے چاہیے۔

"کیوں؟"

"بیوٹی پارلر جاؤں گی"۔

"کیوں؟"

"بال بنواؤں گی۔۔۔ اس لمبی ڈاکٹر کی طرح۔۔۔ آئی بروز بھی بنوانا ہے۔ مینی کیور، پیڈی کیور۔۔۔

"اس کی کیا ضرورت ہے؟"

"یہاں رہنے تک تو بھرم رکھنا ہو گا نا؟"

وہ چپ ہو گیا۔ اس کی بیوی نے پیسوں کے بنڈل سے کتنے نوٹ نکالے اس نے دیکھنا مناسب ہی نہیں سمجھا۔۔۔ بیوی پیسہ لے کر چلی گئی۔

وہ اپنے والد کے قریب بیٹھ گیا۔ وہ اسے آنکھیں کھولے ایک ٹک دیکھنے لگے۔ کچھ کہا بھی لیکن اسے سمجھ میں نہیں آیا۔۔۔ وہ ہولے ہولے سر دبانے لگا۔

وزیٹرس کا وقت شروع ہوا تو سب سے پہلے اس کے بچے آئے۔

"ڈیڈی۔۔۔" لڑکی نے خوشی سے آواز دی۔۔۔ وہ نظر بھر کر دیکھ نہیں پایا۔ اسٹریچ پائنٹ اور ٹی شرٹ میں سے کتنے چھپے ہوئے راز عیاں ہو رہے تھے۔

"کیسی لگ رہی ہوں" بیٹی نے قریب آکر پوچھا اور اس سے لپٹ گئی تو وہ جھجک گیا۔

"ہاؤ اِز گرینڈ پا۔۔۔"

"ٹھیک ہیں بیٹا سو رہے ہیں"۔

لڑکا بھی بہت اسمارٹ لگ رہا تھا۔ اس کی دل چسپی باہر کھڑی نرس میں زیادہ تھی۔

"بیٹھو۔۔۔"

اس نے فون کر کے کچھ چکن پیٹیز اور کول ڈرنکس کا آرڈر دیا۔ اس کی بہنیں اور بھانجے بھانجیاں بھی آگئیں۔ اس نے چکن پٹیز کی تعداد بڑھا دی، کول ڈرنکس کی جگہ چائے کا آرڈر دیا۔ سب ہاسپٹل کے ڈسپلن اور انتظامات کے بارے میں باتیں کرنے لگے۔ چکن پٹیز بھی سب کو پسند آئیں، پھوپھیوں نے دونوں بچوں کو پیار کیا۔

"ہائے بنٹی کتنی پیاری لگ رہی ہے" سب کے لہجے بدل گئے تھے۔ سب کتنے مہذب لگ رہے تھے۔

"کوثر کہاں ہے" اس کی بیوی کے بارے میں سوال کیا گیا۔

"گھر گئی ہیں"۔

دیکھتے ہی دیکھتے سارا خاندان جمع ہو گیا۔ اس بار چائے بسکٹ کا دور چلا۔ پورے خاندان میں اس کی بیٹی ہیروئن بنی ہوئی تھی۔ اس کی گفتگو کا انداز ہی بدلا ہوا تھا۔۔۔ وہ کمرہ؟

وقت اتنی جلد ختم ہو جائے گا کسی کو احساس بھی نہیں تھا۔ سب لوٹ گئے وہ اکیلا رہ گیا۔ ابّا نے سب کو آنکھیں کھول کر دیکھا تھا۔ آنکھوں میں کبھی شناسائی چمک جاتی اور کبھی اجنبیت کا اندھیرا چھا جاتا۔ ابھی وہ بات کرنے کے موقف میں نہ تھے۔۔۔

وہ چپ چاپ بیٹھا رہا۔ دروازے پر دستک ہوئی۔ وہ حیرت زدہ رہ گیا۔ ترشے ہوئے خوب صورت بال۔۔۔ اسٹارچ دی ہوئی ساری، ناف سے نیچی باندھی ہوئی، چھوٹے سلیوس کا چست بلاؤز۔۔۔! وہ بالکل اس لمبی ڈاکٹر کی نقل لگ رہی تھی۔

"کیسی لگ رہی ہوں؟"

"بہت خوب صورت" اس نے بیوی کو لپٹایا۔

دونوں ٹی وی دیکھتے رہے۔ اپنی بیوی کو اتنا خوش اس نے کبھی نہیں دیکھا تھا۔ ماحول!!

گھر میں کھانا بنانا بند کر دیا گیا۔ صبح لڑکا آتا۔ کینٹین میں ناشتہ کرتا۔ گھر کے دوسرے افراد کے لیے پارسل لے جاتا۔ دوپہر ویسے ہی گزار لیتے۔ شام سنیکس اور جاتے ہوئے رات کا کھانا۔۔۔

وزیٹنگ ہاور میں سارے خاندان کے لوگ بڑی پابندی سے آنے لگے

تھے۔۔۔ بنٹی کی سہیلیاں بھی آجاتیں وہ انھیں لے کر کینٹین چلی جاتی۔ کبھی لڑکے کے دوست آجاتے۔ لڑکے کی زیادہ توجہ ایک خاص نرس پر تھی۔ اپنے دوستوں کے ساتھ وہ اسے چھیڑا کرتا۔ وہ اپنے دوست سے موبائیل فون بھی لے آیا تھا۔ وہ کہیں بھی رہے ضرور فون کرتا۔ کبھی بچوں کو دواخانے سے فون کرلیتا۔ بڑی سہولت تھی۔ تین دن میں وہ کئی بار ری چارج کروا چکا تھا۔ شام بڑی اچھی گزرنے لگی تھی۔۔۔ تمام رشتہ دار لڑکیاں بنٹی کی سہلیاں خوب انجوائے کرتیں۔ جنیفر لوپیز، رکی مارٹن، Briteny Spears، میڈونا اور وینگا بوائز کے نئے گیتوں کی باتیں، ملائکہ، ایشوریا اور امرتا اروڑہ کی باتیں، بڑی عمر کے لوگوں کا موضوع ٹی وی سیریلس ہوتے۔۔۔ پورے ہسپتال کا اسٹاف دوست ہو گیا تھا۔ آتے جاتے وقت سبھی سلام کرتے اسے شاید بہت بڑا آفیسر سمجھنے لگے تھے۔

اس کی بیوی نے ایک مکسی گرائینڈر بھی خرید لیا تھا۔ ایک کولر اور اسفنج کا گدا۔۔۔ کچھ بیڈ شیٹس! ابّا لوٹ کر آئیں گے تو ان کے لیے پھلوں کا رس نکالنا ہو گا۔ آرام دہ بستر بھی ضروری ہے۔

ایک ہفتہ گزر گیا۔ ڈاکٹروں نے ابھی جانے کی اجازت نہیں دی۔ کسی بھی وقت دوبارہ دورہ پڑ سکتا ہے۔ پیسہ ختم ہو رہا تھا۔۔۔ ڈاکٹروں کا کہنا تھا ایک اور ٹسٹ لے کر وہ اطمینان کرلیں گے۔ کم سے کم دو دن تو رکھنا ہی ہو گا۔ کینٹین اور دواؤں کا بل دیکھ کر اس کے پیروں تلے زمین نکل گئی۔

لڑکی کو شکایت تھی کہ اس کی ڈریسنگ ریپیٹ ہو رہی ہے۔ کم از کم دو جوڑے بنائے جائیں۔ بیوی کی ساڑیوں کا اسٹاک ختم ہو رہا تھا۔۔۔

شام میں تمام رشتہ دار اکٹھا ہوئے تو اس نے مسئلہ چھیڑا۔ سب کو سانپ سونگھ گیا۔ جو پیسہ دے سکتے تھے وہ پہلے دے چکے تھے۔ دوسرے اس جھمیلے میں پڑنا نہیں چاہتے تھے۔ آفس سے جتنے لون مل سکتے تھے وہ پہلے ہی لے چکا تھا۔ ریاض والے بھائی نے ابّا کی طبیعت پوچھنے کے لیے روز کی طرح فون کیا تو اس نے سچویشن بتائی۔ اس نے بھی مجبوری کا اظہار کیا۔ اب ایک ہی صورت رہ گئی تھی کہ وہ ابّا کو گھر واپس لے جائے۔ سب نے یہی کہا تھا کہ وہ جو مناسب سمجھے کرے۔۔۔ بڑی بہن چاہتی تھیں کہ ڈاکٹروں کی ہدایت کے مطابق کام ہو۔۔۔

وہ ڈاکٹر سے ملا۔ ڈاکٹر نے کہا کہ صرف دو دن وہ اور صبر کر لے۔۔۔ آبزرویشن ختم ہو جائے گا۔ ان ہسپتالوں کے بارے میں اس نے کیا کیا نہیں سن رکھا تھا۔ جب تک ہزاروں کا بل نہیں بن جاتا وہ کسی پر رحم نہیں کرتے۔

کافی بحث کے بعد ڈاکٹر اس بات پر راضی ہوا کہ وہ اپنی ذمہ داری پر مریض کو لے جا سکتا ہے۔ بل کی ادائیگی کے بعد بہت کم بچا تھا۔ گھر پر بھی تو علاج کروانا ہوگا۔

شام میں وزٹینگ آور میں صرف اس کی بیٹی اور بہن ہی آئیں۔ ایک سنّاٹا سا تھا۔ اس نے بیٹی سے کہا وہ ابّا کے لیے کمرہ درست کر دے۔

"ڈیڈی کیا ہم دو دن اور نہیں رہ سکتے؟"

"نہیں بیٹے بہت مشکل ہے۔ کہیں سے پیسوں کا انتظام نہیں ہوا"۔

لڑکی بھی اُداس ہوگئی۔ اِدھر کچھ دنوں سے وہ خود کو اونچے طبقے کے افراد ہی سمجھنے لگے تھے۔ اس نے بیٹی کے لیے چکن پیٹیز اور چائے منگوائی۔

"ہم کبھی کبھی یہاں سے پیٹیز منگوا لیں گے۔۔۔" اس نے بیٹی کو سمجھایا۔

صبح موٹر کا بھی انتظام کرنا تھا۔۔۔

لڑکی کے جانے کے بعد اس پر عجیب سی کیفیت طاری ہونے لگی۔ ایر کنڈیشنز، ٹی وی، بالکنی میں رکھی بید کی کرسیاں جہاں سے سارا شہر نظر آتا ہے، وہاں بیٹھ کر چائے پینے کا لطف ہی کچھ اور ہے، اٹیچڈ باتھ روم، شاور، گیزر، ٹائلز۔۔۔

دن بھر کی بھاگ دوڑ کے بعد وہ تھک گیا تھا۔۔۔ وہ نہانے چلا گیا۔ ایک دھندلی سی کیفیت، اس نے کمرے میں موجود عورت کو آواز دی۔ وہ تصویر جلد بن گئی۔ کسی پس و پیش کے بغیر۔۔۔ شاور کے نیچے دو بے لباس بھیگتے بدن، کسی کی موجودگی کا

خوف بھی نہیں تھا۔۔۔ لفظ کنویں میں گرتے جارہے تھے۔ سرگوشیاں باز گشت اور گونج میں بدلتی جارہی تھیں۔ اس کا وجود زمین سے اوپر اُٹھنے لگا۔۔۔ دھندلی دھندلی فضا میں سانسیں بڑی تیزی سے چل رہی تھیں۔۔۔ اتنی تیز سانسیں کہ پورا کمرہ گونج رہا تھا۔ وہ اس بدن کو سمیٹے تخت پر آیا۔ سانسیں۔۔۔ سانسیں۔۔۔ جیسے کانوں کے پردے پھٹ جائیں گے۔

اس کا وجود دھپ سے زمین پر گرا۔۔۔ ابّا کی سانسوں سے پورا کمرہ کانپ رہا تھا، دیواریں لرز رہی تھیں۔۔۔ اس نے جلدی جلدی کپڑے پہنے، پتہ نہیں کب سے وہ بے چین تھے۔ پورا جسم پسینے میں تر تھا۔ آنکھیں چھت کی طرف لگی تھیں۔ زبردست دورہ پڑا تھا۔ اس نے نرس کو پکارا۔۔۔ نرس ڈیوٹی ڈاکٹر کو لے آئی۔ سب کچھ پلک جھپکتے ہوا۔ کچھ وارڈ بوائے بھی آگئے۔ لیکن جب وہ بڑے ڈاکٹرس کے ساتھ کمرے میں پہنچا تو سناٹا تھا۔۔۔ سانسوں کا شور ختم ہو چکا تھا۔ ای سی جی مشین پر

بے ترتیب لکیریں۔۔۔ نبض بتانے والے ہندسے۔۔۔!!

ڈاکٹر نے اس کی طرف مایوسی سے دیکھا۔۔۔ کچھ کہا بھی لیکن الفاظ کنویں میں گرتے چلے گئے۔۔۔ اور وہ زمین سے دو اِنچ اوپر اُٹھ گیا۔

***

۹

اجنبی اجنبی

جہاں زمین سے قریب ہوتا جارہا تھا۔ اس کے وجود میں اطمینان کی ایک لہر دوڑ گئی۔ بس چند لمحے۔ چند لمحوں بعد اجنبیت کا بوجھ جو پچھلے چار برسوں سے وہ اپنے کندھوں پر اٹھائے پھر رہا ہے 'اتار پھینکے گا۔ چار برس پہلے اس نے اپنی شناخت کھودی تھی اور پیسہ ڈھالنے کی مشین بن گیا تھا۔ اجنبی چہرے 'اجنبی زبان' اجنبی ماحول' اجنبی فضاء۔ صحرا میں ابھرتا ہوا خوب صورت شہر۔ ریگستان کی کھوکھ سے جنم لیتی اونچی اونچی عمارتیں۔ کشادہ سڑکیں۔ سبک ایئرکنڈیشڈ موٹریں۔ سب کچھ شان دار۔ لیکن اس کا اپنا یہاں کوئی نہیں تھا۔

اپنے ہم وطن ساتھیوں کے ساتھ وہ بھی ایک کمرے میں رہنے لگا تھا۔ وہ سب مشین کے پرزوں کی طرح مقررہ وقت پر آفس یا فیکٹری چلے جاتے اور اتنے ہی مشینی انداز میں واپس آجاتے۔ فرصت کے اوقات میں وہ اپنے اپنے شہر کی یادوں کے آتش دان دہکا کر خود کو گرماتے رہتے۔ پھر کچھ دن بعد اس آتش دان کی راکھ بھی سرد ہوگئی۔ ایک ایک کرکے ساری چنگاریاں بجھ گئیں۔

زندگی ایک طویل اکتاہٹ کا صحرا بن گئی اور اس کے شانوں پر اجنبیت کا بوجھ

لد گیا۔

جہاز لینڈ ہو گیا۔ اپنا سامان کسٹم پر چیک کراتے ہوئے اس کے ذہن میں ایک عجیب سی خواہش جاگی۔ کاش دوسرے سامان کے ساتھ کسٹم آفیسر اس کے وجود پر لدے ہوئے اجنبیت کے بوجھ کو بھی چیک کرے اور اجنبی ملک سے یہاں آنے کے جرم میں اس بوجھ کو ضبط کرے۔

کسٹم کے مرحلے سے چھٹکارا پا کر وہ باہر نکلا تو وہ سب اس کے منتظر تھے۔ اس کے تصوراتی پیکروں سے بالکل مختلف ! اس کی بیوی نیلو قیامت کی حسین نظر آ رہی تھی۔ کہاں وہ سوکھے سہمے سے اعضاء 'خشک ہونٹوں اور زرد چہرے والی بیمار سی نیلو' اور کہاں یہ سراپا بہار نیلو گہری نارنجی ساڑی اور سیاہ چست بلاؤز میں ملبوس۔ آنکھوں پر دھوپ کا چشمہ۔ اور وہ نوخیز لڑکی۔ جوانی اور بچپن کے درمیان شوخی کے ساتھ جھولتی ہوئی۔ یقیناً یہ اس کی پمی ہے۔ لیکن یہ لڑکی اس کی بیٹی کیسے ہو سکتی ہے؟ اس کی بیٹی تو گلے میں جھول جاتی تھی۔ مگر یہ لڑکی کیسے اس کے گلے میں جھول سکتی ہے؟ کتنا بڑا تو قد ہو گیا ہے۔

"ہیلو ڈیڈی"

"ہیلو۔ بیٹا" پمی کے سر پر ہاتھ پھیرتے ہوئے وہ خود بھی جھجھک گیا۔

منا بھی بڑا ہو گیا تھا اور اسے اجنبی نظروں سے ٹکر ٹکر دیکھ رہا تھا۔ مانٹو فیروز کی گود میں بیٹھا اس کی موجودگی سے بے نیاز ایئرپورٹ کے لاؤنج کا جائزہ لے رہا تھا۔

"بیٹے یہ تمہارے ڈیڈی ہیں" نیلو منے سے کہہ رہی تھی "وش کرو ڈیڈی کو"

لیکن منا نیلو کے پیچھے جا چھپا۔

"شرماتا ہے" نیلو نے ہنس کر کہا۔

اس نے ہاتھ بڑھا کر فیروز کی گود سے مانٹو کو لینا چاہا تو فیروز نے اپنی بانہیں ڈھیلی کر دیں۔ لیکن مانٹو اس سے چمٹا رہا۔ اس طرح چیخ چیخ کر رونے لگا جیسے کسی اجنبی کے گود میں آ گیا ہو۔

"ابھی مانوس نہیں ہوا ہے" نیلو ے اسے ڈھارس دی۔

پمی 'منا' مانٹو کوئی بھی اس کے سینے سے نہیں لگا۔ اس کے شانوں پر لدا ہوا بوجھ اور بڑھ گیا۔ ٹھیک ہے گھر جا کر وہ اسے پھینک دے گا۔

ٹیکسی جس فلیٹ کے سامنے رکی' وہ بہت شان دار تھا۔ گیٹ پر لگی نیم پلیٹ پر کسی ایس۔ کے صدیقی کا نام لکھا ہوا تھا۔ کون ہے یہ ایس۔ کے صدیقی ؟ نیلو اسے یہاں کیوں لے آئی ہے ؟ وہ اجنبیوں کی طرح گھر میں داخل ہو گیا۔

اجنبی درو دیوار۔ غیر مانوس ماحول۔ لیکن شان دار سجاوٹ۔ نیلو نے اسے باتھ روم کا راستہ بتا دیا۔ باتھ روم بہت خوب صورت تھا' لیکن اس خوب صورتی سے بے نیاز وہ ٹھنڈے پانی کے شاور کے نیچے یہی سوچتا رہا کہ یہ ایس۔ کے صدیقی کون ہے ؟۔

باتھ روم سے نکل کر وہ کمرے میں آ گیا۔ نیلو تولیہ لیے اس کی منتظر تھی۔

اس نے نیلو سے پوچھا" یہ ایس۔ کے صدیقی کون ہے ؟"

نیلو نے اتنی زور کا قہقہہ لگایا کہ اس کی آنکھوں کے کنارے بھیگ گئے اور گال سرخ ہو گئے۔ سرخ گالوں اور بھیگی پلکوں کے ساتھ نیلو اسے بہت حسین لگی۔

نیلو نے اسے بتایا کہ ایس۔ کے صدیقی وہ خود ہے شوکت کلیم صدیقی۔ وہ

کھسیا گیا۔ نیلو نے 'جو نیا فلیٹ خرید اتھا۔ یہ وہی فلیٹ تھا۔

اتنے میں نیلو کے کچھ دوست آگئے۔ کوئی بھی چہرہ اس کا جانا پہچانا نہیں تھا۔ عجب تکلف کی فضا تھی' وہ بے چینی سے پہلو بدلتا رہا۔ لیکن نیلو سب سے ہنس ہنس کر باتیں کرتی رہی۔ اسے ایسا لگا کہ وہ نیلو نہیں' کوئی اور عورت ہے۔ نمائشی' سجی 'سنوری پر تکلف!

رات کو گیارہ بجے تنہائی نصیب ہوئی۔ اس نے نیلو کو بتایا کہ وہ کتنی خوب صورت ہو گئی ہے۔ کس طرح وہ اس کی تصویریں اور خطوط پڑھ پڑھ کر راتیں کاٹتا رہا۔ اسے یقین تھا نیلو بھی ایسی ہی فراق کی کہانیاں سنائے گی ' لیکن نیلو صرف مسکراتی رہی۔ وہ ساری کہانیاں سنانا چاہتا تھا۔ نیلو کو گدگدانا چاہتا تھا کہ وہ بے دم سی ہو کر اس کی بانہوں میں ہانپنے لگے۔ لیکن نیلو اس کی باتیں سن کر جمائیاں لیتی رہی۔ اس نے ساری داستانیں اپنے شانوں پر رکھی ہوئی گٹھری میں رکھا اور بوجھ ہلکا کرنے کے لیے نیلو کو اپنے قریب کھینچا۔ ٹھنڈی ٹھنڈی سی نیلو اس کے سینے سے آلگی۔ اسے یاد تھا نیلو کس طرح ٹوٹ کر اس میں سماتی تھی۔ اسے یقین تھا ابھی چند لمحوں میں اس کے جسم پر جمی برسوں کی برف پگھل جائے گی۔ وہ نیلو میں وہ سب کچھ کچھ تلاش کرنے لگا جو وہ یہاں چھوڑ گیا تھا اسے پورے چار برس کا حساب لینا تھا۔ مگر جلد ہی اسے احساس ہوا کہ نیلو ادھوری سی ہو گئی ہے۔ ایک بے ربط لئے 'ایک بے سر انغمہ۔ اسے ایسا لگا کہ اب وہ ہم آہنگ نہیں ہو سکیں گے۔ اس وقت بہت کوشش کی تو اس کے ذہن میں وہی احساس جاگا جو فریج میں رکھے ہوئے ڈبے کے گوشت کو گرم کرتے کرتے ہوئے جاگتا تھا۔ تازگی کی عدم موجودگی کا

ایک تشنگی بھرا احساس۔

کئی دن تک یہی ہوتا رہا۔ دھیرے دھیرے اس پر یہ بھید کھل گیا نیلو سچ مچ بدل گئی ہے۔ اب نیلو اچھی طرح جانتی ہے کہ کون سا لباس کب پہننا ہے' لباس کہاں سے ڈھیلا اور کہاں چست ہونا چاہیے۔ لباس کا کون سا ٹانکا کس عضو کی اہمیت بڑھاتا ہے' جسم کے کونسے حصہ کو ابھارنا چاہیے۔ نیلو واقعی بہت پر تکلف اور تصنع پسند ہو گئی ہے۔ اب وہ رات کو سوتے وقت خوب صورت نائیٹی پہنتی ہے۔ یہ نیلو اس کی نیلو سے بہت مختلف تھی۔ یہ تو کوئی اور تھی۔ شوکیس میں سجی گڑیا۔ زندگی سے عاری' بے جان۔

اجنبیت کا بوجھ بڑھتا ہی جارہا تھا۔ کہاں پھینکے وہ اس بوجھ کو؟ وہ اپنی بیٹی پمی کی تلاش میں اس کے کمرے تک آیا۔ پمی نے ایک بار بھی اس کے پاس بیٹھ کر اس سے باتیں نہیں کی تھیں۔ ٹھیک ہے' وہ بڑی ہو گئی ہے لیکن وہ اسے اپنے کالج کے قصے تو سنا سکتی ہے۔ بس ناشتے کی میز پر ہیلو ہیلو ہوتی' جیسے وہ کوئی مہمان ہو اس کے اندر جانے سے پہلے ہی پمّی کمرے سے دندناتی ہوئی نکلی۔ اس نے بیل باٹم اور چست جرسی پہن رکھی تھی' ہاتھ میں کتابیں لئے ہوئے وہ تیزی سے بھاگی تو زمین کے ساتھ ساتھ اس کا دل بھی دہل گیا۔ قدموں کی جنبش کے ساتھ جسم کے حساس حصے مچل اٹھے۔ پتہ نہیں یہ کون لڑکی ہے۔ یہ اس کی پمی تو نہیں ہو سکتی۔

اس نے نیلو سے پوچھا" یہ پمّی دوپٹہ کیوں نہیں اوڑھتی؟"

"آج کل لڑکیاں ڈوپٹہ کہاں اوڑھتی ہیں؟" نیلو برا سامنہ بنا کر ناخوش گوار لہجے میں بولی اور وہ دل مسوس کر رہ گیا۔ وہ سب اپنی اپنی دنیا میں مگن ہیں۔ اس دنیا

میں اس کی کوئی جگہ نہیں۔ پمی بہت خود سر لڑکی تھی۔ دن بھر کالج میں رہتی۔ شام کو کوئی نہ کوئی پروگرام ہوتا۔ پکچر پک نک۔ پارٹیاں۔ چھٹی کے دن سہلیوں سے کمرہ بھرا ہوتا۔ پوپ میوزک کے کیسٹس بجتے۔ ڈانس ہوتا۔ یہ کون سی دنیا ہے؟ اس کا جی چاہتا کہ اس جوان' بے پرواہ الٹرا موڈرن لڑکی سے اپنی پمی کو مانگ لے۔ اس دھن میں وہ اس کے کمرے تک پہنچا۔ پمی کسی کو ٹیلی فون کر رہی تھی۔ "نہیں نہیں تم گھر نہ آنا۔ ہم وہاں کیفے ٹیریا میں مل لیں گے ہاں "کالج کے قریب۔ اوہ نو ڈیر۔ تم سمجھتے کیوں نہیں آج کل ڈیڈی گھر پر ہیں۔ بورا اولڈ مین' چند دنوں کی تو بات ہے۔ وہ واپس ہو جائیں گے۔ اوکے۔" یہ پمّی تھی اس کی لاڈلی بیٹی جو اس کے دفتر سے واپس لوٹنے تک باہر دروازے کی چوکھٹ پر اس کے انتظار میں بیٹھی رہتی تھی اور وہ اب بور ہو گیا ہے۔ اولڈ مین۔

اس نے نیلو سے پوچھا "کیا پمّی کے دوست لڑکے بھی ہیں؟"

"ہاں منڈلاتے رہتے ہیں۔ لیکن میری پمّی کسی کو لفٹ نہیں دیتی "

میری پمّی؟ ہاں یہ پمّی' نیلو ہی کی ہے۔ اس کی پمّی تو ان چار برسوں میں کہیں کھو گئی ہے۔

پتہ نہیں اسے کہاں کہاں مدعو کیا جاتا رہا۔ لیکن ہر دعوت کے پیچھے ایک ہی بات تھی کہ وہ ان کے کسی بھائی' کسی بیٹے' کسی رشتہ دار کو وہاں بلا لے وہ سب اس سے اسی طرح ملتے جیسے وہ ان سب سے الگ کوئی اور مخلوق ہو۔ اجنبیت کے اس صحرا میں وہ بری طرح دب گیا۔ شاید اس کی شناخت' اس کا کھویا ہوا وجود اس کے پرانے گھر' پرانے محلے میں ہو۔ وہ اپنے پرانے دوستوں سے ملنے کے لیے پرانے

شہر کی گندگی میں پہنچا۔ پرانے دوستوں نے اسے اس طرح ہاتھوں ہاتھ لیا' جیسے وہ بادشاہ وقت ہو اور رعایا کا حال معلوم کرنے بھیس بدل کر نکلا ہو۔ اجنبیت کا بوجھ وہاں بھی نہیں پھینک سکا۔

نیلو کے ماحول نے اسے وہائٹ کالر کا اکڑا اکڑا سا آدمی بنادیا تھا۔ ہر وقت خوش اخلاقی کی اداکاری کرنے والا کاٹھ پتلا۔ تصنع اور تکلف کے اس بوجھ کو وہ کہیں پھینک کر ہلکا پھلکا ہونا چاہتا تھا۔ لیکن اسے ایسا لگا کہ اجنبیت کا یہ بوجھ وہ کہیں بھی نہیں پھینک سکے گا۔ جیسے وہ پرانی داستانوں کے کردار کی طرح کسی جادوگر کے سحر کا شکار ہوگیا ہو۔ پھر ایک دن اسے گمان ہوا کہ اس کی چار برس کی غیر موجودگی میں فیروز روزانہ اس کے گھر آتا رہا ہے۔ نیلو اور فیروز آپس میں اتنے اجنبی نہیں جتنے وہ خود کو ظاہر کرتے ہیں۔ جلد ہی یہ راز کھل گیا کہ نیلو کی شخصیت کی گم شدہ کڑی فیروز کے پاس ہے۔ مگر وہ غلاظت پر پتھر نہیں پھینکے گا وہ تو اپنا بوجھ ہلکا کرنے' پیار سمیٹنے آیا ہے۔ یہی کیا کم ہے کہ بکھری بکھری سی سہی 'نیلو اسے انکار تو نہیں کرتی۔

نیلو نے اپنے سارے خوابوں میں رنگ بھر لیے تھے۔ مگر ان خوابوں میں اس کا کوئی گذر نہیں تھا۔ یہ سچ تھا کہ ان خوابوں کے سارے رنگ اس نے دیئے تھے۔ لیکن نیلو نے ایک ماہر آرٹسٹ کی طرح پینٹنگ بنا کر ان رنگوں کو پھینک دیا تھا۔ نیلو نے بچوں کو بھی اپنی خوب صورت دنیا میں گم کر رکھا ہے۔ بچوں کو یہ سوچنے کی فرصت ہی نہیں کہ یہ رنگ کہاں سے آئے ہیں۔ اس کے بغیر ہی نیلو نے زندگی کی یہ کہانی مکمل کرلی ہے۔ اس کہانی میں اس کا کوئی کردار نہیں' اس لیے اب اس کی شمولیت نے اس کہانی کو بوجھل کر دیا ہے۔

اسے آئے ہوئے ایک مہینہ ہو گیا تھا۔ اب بوجھ اس کے لیے ناقابل برداشت ہونے لگا تھا۔ اپنے اس بوجھ کو پھینکنے کی اس نے ایک آخری کوشش کی۔ اس نے نیلو سے کہا" میں اگلے ہفتہ واپس لوٹ جاؤں گا۔ کل ٹکٹ کنفرم کرالوں گا۔"

"اوہ اتنی جلدی" نیلو نے کہا۔

نیلو کی بات سن کر امید بھری خوشی سے اس کا دل دھڑکنے لگا۔ اوپری دل سے سہی 'کاش نیلو اسے واپس جانے سے روک دے۔ اس مصنوعی التفات کے سہارے ہی وہ اپنے بوجھ کو ہلکا کرلے گا۔

"اس مہینے بونس ملتا ہے۔ ایک مہینے کی زائد تنخواہ ملتی ہے۔ نہ جاؤں گا تو پورے بیس ہزار کا نقصان ہو گا" اس نے سوچا' نیلو کہے گی کہ وہ بیس ہزار کی پرواہ نہیں کرتی۔ اتنے برسوں بعد تو وہ آیا ہے۔ اتنی جلد وہ کیسے واپس جاسکتا ہے؟ پیسہ ہی تو سب کچھ نہیں ہوتا۔ ابھی تو بچوں کا دل بھی نہیں بھرا۔ اس نے شانوں کا بوجھ ہاتھوں میں تھام لیا۔ بس ایک ہی لمحے میں وہ اس بوجھ کو پھینک کر ہلکا پھلکا ہو جائے گا۔

"بیس ہزار! مائی گاڈ" نیلو نے سینے پر ہاتھ رکھ کر آنکھیں پھاڑدیں۔ پھر تو آپ کو فوراً واپس چلا جانا چاہیے"۔

اس کی رہی سہی امیدیں بھی بوجھ بن کر اس کے شانے پر سوار ہو گئیں۔

ایئرپورٹ پر نیلو 'پمّی' مانٹو 'منا اور فیروز سب ہی آئے۔ کسی بھی چہرے پر اداسی کا دھواں نہ تھا۔ وہ اسی طرح ہشاش بشاش تھے جیسے اسے رسیو کرتے وقت نظر آرہے تھے۔

اپنے وجود پر پہلے سی بھی زیادہ بوجھ لئے وہ مضمحل قدموں سے سکیورٹی چیک پر پہنچا۔۔۔ چیکنگ کے بعد بھی وہ اس امید میں وہاں ٹھیرا رہا کہ شاید آفیسر ہی اس کے بوجھ کو ہلکا کر دے۔

اسے یوں کھڑا دیکھ کر آفیسر نے حیرت سے کہا۔

"گو ہیڈ مین۔ کوئی لگیج نہیں۔ کوئی بوجھ نہیں 'بہت ہلکے پھلکے جا رہے ہیں آپ"

اس نے آفیسر کو خالی خالی نظروں سے گھورا اور تھکے تھکے قدموں سے رن وے کی طرف بڑھ گیا' جہاں اس کا جہاز کھڑا تھا۔

***